JN201782

妄想録

思考する石ころ

新城貞夫

コールサック社

妄想録——思考する石ころ　目次

妄想録――思考する石ころ

序歌

われ思う　われとは誰そ　たそがれの街におのれを忘れ来にけり

1　夢の欠片（かけら）

新しい世紀、二一世紀の夜明けは暗かった、と後世の歴史家が書くであろうか？　否。科学、技術の進化と人間の頭脳の退化によって、地球は亡んでいる。人類も動物も植物もみんな死んでいる。

男たちの唯一の夢、それは国境を越えることであった。
もう夢をみることもない。
だから君は
夢の欠片を拾おうとするのか。

インターナショナル・ストリートに交叉して、オリオン通り、竜宮通り、柳通り、平和通り、むつみ橋通り、市場本通り、消防通り、沖映通り——新城はキネマ通りと呼んでいる——浮島通りがある。

むろん人が通る。日々、異なるが、私の散歩道である。

夕刻、死を急ぐ人びと。

深夜、コーヒーを飲みながらモーツァルトを聴く。あるいはその逆か、同時並行。

街では観光客だけが生き生きとしている。地元の人は生活という重荷を背負ってくたびれている。夕食時に明日への活力としてビール一本が加われば立派な中産階級である。

ひとは地に囚われて在る。いわば囚人、もしくは土地の人＝土人。とすればどうしても夢想するしか生きようがない。だから現実は夢想の根拠である。とすれば人は現実から遊離することによってではなく、現実に深く囚われて、初めて自由になるのである。

口で言うのは消えるが、文書にすれば消えないから、したがらない。中間管理職の弁。証拠になる文書を残さない。あったことを無かったことにするのも可能である。政治家や官僚のよく使う手である。

一〇月八日、成田発パリ乗り継ぎブダペストへ。ブダペスト――プラハ――ウィーンへ、いわば中欧の旅。

ウィーン楽友協会、ボックス席。二六、八四〇円（二人分）。日本で購入済み。ハイジ指揮「スイス・ロマンド管弦楽団」。やはりLudwig van Beethovenである。

国立オペラ劇場、「エルナーニ」を観る。一階椅子席（平土間）第一夜か、ならば初夜だな、という人がいるとすれば、相当に連想癖があるか、さもなければモーツアルトの「フィガロの結婚」の聴き過ぎである。たしか領主にはそれを行使したか、どうかを別として「初夜権」なるものがあったはずである。

沖縄限定、と小札の付いたコンドームを売っている店がある。その長さ、太さは伸縮自在。アメリカの人にも中国の人にも適合するはずだ。いわば万人・うまんちゅ向きであるが、まだ試していない。理念は敗北する。

どんな悲惨な結婚でもしないよりはするがいい。ひとと人の出会いだからである。まあ不幸な出会いということもあるにはあるらしいが、寡聞（かぶん）にして知らない。

二〇〇一年

朝六時、起床の時間だ。奇跡はやってこない。すべてはお天道様のお見通しで、この世に不可思議の現象をみることもない。たかだか宇宙人がやんばるの森に降り立ったぐらいのことだ。

　カフェ・ドトールにて
係長一人分で平社員二人雇える。男の対話。
子供が出来ると人生変わるわよ、でーじ可愛いから。初々しい弾んだ声。
中国語の勉強会。二人の男が向き合っている。
若い娘三人　ソーミンチャンプル、おいしい。
　また別の日　四人づれの女性
かなり太ったね、一緒にやせようね。
けっきょく、きのう　ゴーヤーしなかったからさ。

久茂地川（くもじがわ）、巾二〜三〇メートルかと目測する。泥緑（どろみどり）色の水が流れている。今は引き潮なので、ここから三百メートルほど先で海に入るか。けっこう緩やかだが、落葉や白い泡が動いている。

川の向かいには梯梧の木や電柱、そして琉球銀行や火災保険、リース会社のビルがあって逆様に映っている。

私は川のこちら側、モノレール駅の下に立っている。自転車が数輪あって、二人の男が一〇メートルほどの間隔を置いて眠っている。

ブーゲンビリアが——何の木かは知らないが——樹にからまって赤紫の花をつけている。南国のきわめて旺盛な生命力をもつ雑木である。美しい花には毒がある？　いや、生きるためには人を刺す棘があるだけだ。

橋を渡る。平成八年八月竣工、御成橋（おなりばし）という。

二月二二日　結婚記念日である。少し大仰（おおぎょう）だな、ということでもないが、私たちは夫婦の日として、ちょっと贅沢をする。近くのレストランでステーキとワインを前にするだけである。別の呼び方もある。二　二二、ふ　ふふ。人それぞれに秘密の日でもある。含み笑いの日、ため息の日、いずれにも読める。アクセントの置き場所やイントネーションによって。

五月一〇日、妻、オランダ・ベルギーの旅へ。丁度一〇日間。例の友達会と一緒である。

またしても亡国論。はたして文系ジャーナリズムに国を亡ぼす力量があるか、どうか。買いかぶりである。

ことばはからだを透り過ぎる。風のように爽やかであるか、ときに言葉はくぐもりもするものだ。

いま私は廃墟の上に立っている。おそらくは国家の廃墟の上に。

スーツとネクタイの白髪の男――ビジネス・マンか、若い男三人。沖縄の人である、うち一人は又吉と聞こえる――が談笑している。

初老の男の「こわいよ、クーデターを起こした後が……」という声。機は熟しているか。まさか、いくらなんでもである。わが家の柿の実でもあるまいし。

二〇〇二年

チューリッヒ湖。七十数年前、この湖を前にして一人の老人が亡くなっている。トレンチコートに身を包んでいる。沖合に浮かぶヨットが眼に映ったか、どうか知らない。国際オリンピックの創始者、Coubertin 男爵である。

チューリッヒの若者。通行人にいくらかの金銭的援助を求めている。Ich bin AIDS. Ich habe Keine Arbeit. Ich habe keine Sozialhilfe.

宿泊ホテル　ALSTERHOF　部屋番号３１６　宿泊期間（一〇月八日～二一日）

Augsburger Strasse 5
10785 Berlin GERMANY
Phone:（49）030-21-21-20
Fax ：（49）030-21-24-2731

ベルリンは雨であった、と書けば甘く切ない映画の始まりか、さては抒情的な小説の書き出し、はては結末部になるであろうが、一〇月も中旬に入ろうとする時期のベルリンの夜はやはり雨であった。

もっと抒情味の濃い小説なら「雨の朝、ベルリンに死す」——あれ、パリと混同している——とでも題するかも知れないが、いまどき、そんな小説や映画が書かれたり、作られたりするとは思えない。なにしろ当の本人はまだ生きているのだ。「ベルリンに死す」でもあるまい。

一〇月一八日（土）快晴。Leipzig に行く。ハンブルク発ベルリン経由ミュンヘン行に乗り込む。

Lutherstadt Wittenberg を過ぎる。広い畑の上を鳥が舞っている(数十羽)。斜め向かいに若い女性が雑誌を読んでいる。

昼食に地下の Restaurant で鹿肉と酢漬けキャベツ、ビール一本を注文する。初めての、しかもこれからもないであろうが、鹿の肉、結構食えるのである。計30EUR。

夕刻、列車に身を預けている。赤紫の雲、その下に黒い青が水平に続いている。やがて外は青みを帯びた闇空。樹木があとへ後へ遠ざかってゆく気配。時たま、かすかに地平線も見える。

Zoo 駅で降りる。Europa Zentrum 前で東洋系を思わせる若者が演奏している。音楽志望の留学生なのか。響きが良い。弦楽器のせいか、空気の所為か、何十年も前から気になってきたことである。同じクラシックでもヨーロッパで聴く場合と沖縄で聴く場合では微妙な違いがある。透明度が違うのである。空気、おそらく湿度の差による、と思う。

翌日、やはり快晴である。Alte Nationalgalerie に行く。一九世紀ロシアの画家、(L)AREPIN 展をやっている。ロシア文学の世界である。ときに安心して見られる作品もある。時事的？（歴史的）事件をテーマとしたのはよくない（血の日曜日）。より以前の（？）兵士たちの帰郷を描いたと思われる作品には眼をとめた。

フリーマーケットを冷やかしながら通る。Tシャツ二枚を買う。一枚9EURを8EURに負けてもらう。女性は Sarajevo から来たという。真偽のほどはわからぬ。

Café Einstein に入る。ウィナーシュニッツエル、サンドイッチ、コーヒー、ビール、約30EUR。食後、眠りがやってくる。

太陽が白く眩しく照る、といきなり曇る。かなりの雨になったりする。すぐ晴れる。地元の人は「ベルリンの天気は泣き笑いする」、というか、どうか知らない。

2　思考する石ころ

おれはイスタンブールには――次回の旅行日程に含まれてはいるが――行けないかも知れない。せめてここベルリンでケバブ(Kebabi)でも食うか、というわけでトルコ料理の店に入ることにする。なんのことはない。肉の丸焼である。でっかい肉の塊を吊るして火にあぶる、と油が滴り落ちる。それを表面から削り取っていく。それだけの料理法である。むろん味付けはなされている。(追記)数年後、那覇はインターナショナル・ストリートにケバブを吊るす店があったが、あっという間もなく、つぶれた。

何とズボンのホックを閉めていない。さりとて慌てふためいてもいない。まだ自分の部屋を一歩も出ていないのだから。

私は在る。よりよく生きるため、何かの目的のためにではない。ただ石ころのようにそこに在るだけだ。われとは思考する石ころか？

存在することの痛苦と甘美と
存在することの疲労と倦怠と
存在することの悲哀と愉悦と

一二月一〇日、Fの誕生日。リウボウ、TIFFANYでブレスレットを買う。

ある者はよい食物を食べて痩せている。他の者は悪い食物を食べて太っている。疑わしい目よ、辺りを見渡さなくてもいい。ははーん、と頷けるはずだ。幼い頃、食べ物がないのに、おなかが膨れていた。肥満とは貧しい者の生活習慣病である。

二〇〇三年

朝、小鳥たちが動き始めたようだ。いくつかの異なった鳴き声を聞く。こいつら何処から飛来してきたのかな、ピュッ　ピュッ　ピュ、それともヒュッ　ヒュッ　ヒュとも聞こえる。やわらかく、やさしい音。これは東南アジア系だな、と勝手に決める。別の鳴き方もある。チュッ　チュッ　チュ。鋭く、切り裂くような音。これは中国大陸系だな、これまた勝手に決める。新城は別に北方アジアと南方アジアの人々の言葉の違い――抑揚や喉の構造――を云っているのではない。ついうっかり、口が滑っただけである。

「沖縄に来ても何もないね、遊ぶところがない。ただ見るだけだ、歴史の悲惨を感じてくれよ、と言われるだけだ。」修学旅行の引率教師らしい。

季節の花がわずかに揺れている。いまは五月の花、百合。花弁が六枚ほど、真中に黄金色の雄蕊(おしべ)がある。蜂は二匹だけである。

真夜中、むやみに坂の多い街で男はおんなを捨てようとしている。おれは女を拾おうとしている。肉感的な女である。

真夜中、救急車が誰かの死を運んで過ぎていく。

沖縄発サイパンへ。機中、今泉助教授が聞き取り調査をしている。応ずる気になれない。翌日、「第35回合同慰霊祭」及び「サイパンと沖縄の親善の夕べ」。

翌翌日、自由。ホテル玄関口のタクシーに乗り込む。まずタポチョ山頂からガラパンの街や島の集落、太平洋やフィリッピン海、そしてテニアン島を遠望する。あの辺りに自分たちの家があった、と指差す場所はいくらか小高い山である。運転手・女性、代金・90

弗。

午後、ぶらぶらぶらり。ギャラリーDFS内を遊歩しようと、買おうと買わなかろうとこっちの勝手である。それにしても疲れた。隣接して「カフェ・ド・コルマール」がある。ウェイトレスはアルザス風の衣装をしている。生身の女性ってフランス人形より可愛い。――これって女性差別？　判断は世間様の勝手である――旅行案内書お薦めのアイスコーヒーとクレープを注文する。

やすらぎのひとときならずふた時をCafé de Colmarに物思いけり

愛と革命、オブラートに包んだ。
性と政治、あからさまな。

二〇〇四年

「いい所はみんな米軍基地だもんね」おそらく定年後の夫婦＝つ

がいである。それにしては若々しい。ことに奥さんは。

演題「中城ふみ子の魅力」　篠弘　県立図書館　二月一九日
屋部公子、平山良明、比嘉美智子、
伊波瞳

成田発ミラノ着。Via Ozanami「GALLES」に泊まる。翌日、早速病院行き。食当たりではない、ホテルの名誉のために云っておく。風邪をこじらせたのである。
日本人の女性医師、すらりとした美人である。

インターナショナル・ストリートはレキオ見本市である。観光客用料理、観光客用音楽、観光客用方言　エトセトラ。それぞれジャンル別にすることもできるが、面倒くさい、ごっちゃ混ぜで、ちゃんぷるー文化と称している。

投げた石が自分にあたらないともかぎらないが、まあ、観光客に当たる確率が高い。のみか、ほとんど百発百中である。

塚本邦雄が亡くなった。八四歳。呼吸不全。私がイタリアからの、物見遊山の旅から帰って来て、間もなくであった。ああ、そうか。新城はこの事実だけを受け入れればいい。事実そのようにしてきた。

経済でいえば自由競争の結果は独占である。政治で言えば民主主義の結果は独裁である。民主主義なんて！　と疑ってもいいのである。ただ、結果は暗澹たるファシズムである。逃げ道はない、次の政権も国民にとっては圧政である。

人生は悲劇で始まり、喜劇で終る。その他の始まりも終り方もない、というのがHerr SHINJOの見立てである。若い頃、かれは

Goete の「Faust」を言葉通り、「Tragörie として読んだが、歳月を経るにつれてひょっとして Komödie ではないか、いや、真正の喜劇だと確信するに到った。最終章の天上の大合唱は壮大な喜劇の典型である。

やはり人生はどんなに踏ん張っても喜劇で終るしかない、というのが人生の構造である。

むろん僕は力及ばずながら、渾身の力をふりしぼって倒れる。その他の倒れ方を知らないだけである。

二〇〇五年

第29回山之口貘賞贈呈式　岡本定勝「記憶の種子」（ボーダーインク）本人の弁に「うれしいというより、びっくり」「当惑」「大変ありがたい」「共同体と個人がかさなる所」という言葉があった。

奥のボックス席で「いつか地球はなくなるんだよ」と楽しいというか、楽しそうにというか、区別し難いが、女の子が三人しゃべっている。大人への発展途上の、ちょっと才気のある、劇画の読みすぎの少女たち。

太陽がこんなに照って、世界がこんなに明るいなんて十分に信じられることではないか、滅びへの予兆として。

人類はありとあらゆる生き物を殺す。むろん、人類そのものが生き物である限り、例の外にあるわけではない。

苦虫は実在するのか、その学名を知らない。

インターナショナル・ストリートのほぼ中央、市場本通り入り口付近で、「hugをしませんか」と声をかける女性がいる。世界は愛に満ちている。

おれが「のほほん」とか「ままよ」というとき、それは禅宗のくそったれ坊主の「自在」という言葉と同じ意味である。糞ったれ、なんてよくもまあ、世の良識家の顰蹙を買う言葉づかいをするものだ。なーに中世最大といってもいいが、二〇世紀最高峰の哲学者——中の一人、知識人語では最大や最高はその数かぞえきれないほどいるらしいのだ——に決して劣ることのない道元禅師ならもっとひどいはずだ。「自分の鼻糞は自分でほじくれ」なんて平気の平左で言うはずだ。

スペイン。つねに太陽が照っている、というのは嘘である。

ひとは一瞬の風に吹き上げられて、やがて消える。

ドイツ語会話クラブ。Frau Kerstin 先生　肺炎で休む。駄べり合う。長嶺さん、ピアノをやっている。渡辺さん、五月に音楽を聴きに行く。散会。

ここ数日、シナモン・カフェに入り浸りである。アン・サリーを流している。「私のこころは落葉です」ついハミングしたくなるような。

母、米寿。出雲殿三階A。司会・吉本敦人。謝辞・貞夫

わたしは俺を語ることはない。同じことだが、自己以外を語ることもない。悪名高き私小説。まあ、短歌は虚・実織り交ぜた境界詩である、とでも称するか。

Turgenev によればパリは今も昔も情欲の街だが、それにしても

なんと赤裸々で露出そのものではないか。真昼の、モンマルトルの麓を歩く。

二〇〇六年

3　文化の他者排撃性

Ｆマンションの X 階に住んでいる。那覇市の全景を一望できるほどではない。せいぜい五階程度の片隅ぐらいだと見渡すことも出来る。部屋は古く、それほどの資産価値があるとは思えないが、便利だと言えば便利な場所ではある。近くには「私の冷蔵庫」とよんでいいような、デパートの地下食品売り場――デパ地下――があり、その上、七階にはこれまた「私の書庫」とでも呼んでいいような、大型書店がある。

むろん、インターナショナル・ストリートは「私の遊歩場」である。これで新城がどこに住んでいるかがわかる。俺はわざわざ空き巣狙いに情報を提供したことになるが、なーに空き巣に入られて困ることもない。部屋には大型テレヴィと朝の散歩時に拾って来た週刊誌があるだけである。

ある日、なんの弾みでか、突然悟ったのである。お金はないよりある方がいいな、と。そこで「素人にも出来るお金の殖やし方」というノウハウ本を買ったのである。ポケットから一二〇〇円が消えただけで、まだその効果は現われていない。

晴、さわやかな。旅の前途を祝福しているようだ、とは云うまい。ケルン発フライブルク行。列車の中で財布を紛失する。現金600€及びアメリカン・エキスプレス。

フライブルク。別に大学を探して歩いたのではないが、いつの間にかそれらしき場所にたどり着いている。市民生活と大学生活との間に何らかの垣根があるでなし、ごく当たり前に人々が混ざり合って、立ち話や読書や散歩や議論や飲食や冗談――猥談を含む――をしているだけである。そうか、哲学は市民との対話から始まるの

だったか。（ソクラテスの場合）

女子学生三人が、まるい屋根の下の、丸いテーブルを囲んでいる。なにをしゃべっているか、ちょっと距離があって、聞きとれない。生の、ネイティブな、ことに若い女性のドイツ語を耳にしたい気持ちがないでもないが、近くに寄るわけにもいかない。そこまで図々しくはない。

たしか近くにHeideggerの遊歩場「野の道」がある。まあ　いいや、パスをする。

（追記1）新城は数年前、京都南禅寺の近く「哲学の道」を歩いている。いまさら西田幾太郎や田辺元の思索の後追いをしたってしようがあるまい。珈琲屋でうつらうつらするのが似合うというものだ。

Tea room「若王子」がある。入る。

（追記2）「若王子」が今なお在るか、どうかを知らない。近くに安室奈美恵の住まいがあるが、ここに住所、番地を記さない。個人情報保護法に抵触するからだけではない。もっと何か、聖なる。

フライブルクから日帰りするとしたら、フランスのアルザス地方か、スイスのバーゼルがある。須田敦子とNietzscheとどちらをとるか——実存的決断というらしい——なーに決まっている。須田の敦子さんである。新城はいくらかフェミニストである。

愛は、いかなる愛もとは云わぬが、いくらか気障である。ベルリンの黄金時代に跋扈した伊達男やジゴロを引き合いに出すまでもない。

Alsace。フランスとドイツの分捕り合いの地域、そこにはまだドイツ語訛り、それともフランス語訛りの老人がいるか？　さらにそれともだが、完璧なフランス語を使いこなす老人が

旅とは風景に身をさらすことである。光と色彩と音と香りと肌触

りを風が運んでくる。あらゆる感覚が目を覚ます。但し、Mozart風に言えば凡庸の人は五感までで、第六感は機能しないらしい。
（注記）仏教で六根という。眼識―色、耳識―声、鼻識―香、舌識―味、身識―触、意識―法などと、それぞれの感覚に応じた機能をもつ。

わたしの日常はごくありふれている。朝六時に目が覚める。しばらく寝床の中でバロック音楽にからだを預ける。七時、家の近くを歩く。別に珍しい風景や魅力ある女性やけったいなおじさんに出会うのでもない。小学生はまだ動き始めていない。八時、朝食。約一時間を費やす。そのうち眠くなる。

ありふれていなければ、それは非日常である。大学構内に――国家語で安全・安心の――ヘリコプターだって墜落、炎上する。ここでは――べつに普天間では、と限定しない――非日常は日常である、といえよう。

ひとは経験に学ぶことはない。経験はときに人を愚かにする、というのが私の経験から引き出した唯一の教訓である。年齢を重ねて賢くなった人間をみたことがない。むしろ愚かになる。自分を振り返らなくても分かり切ったことである。

老い支度などしないでいい、老いは必ずやってくる。

近代以後、人々は宗教を持たない。代わって民主主義という迷信を信仰しただけである。なんという知性の退落であることか。それを人々は進化と呼んでいる。なるほど人間の頭脳は退化するものではある。

二〇〇七年

人生はどうなるかわからない。明日、どうなるか分からない。喪服を着けた中年女性二人の会話である。親しい人が亡くなったのである。それでも地球は動いている（Galileo）らしい。

私は現場にやや近く、しかも限りなく遠くに在る。その日、現場にいなかったのは確かだが、それを証明する手だてはない——自分の家で、しかも長椅子に寝そべって、昼寝をしていた——では現場不在証明（アリバイ）にはならないらしいのだ。

妻は私のアリバイを証言してくれるか、ノンである。「あの人ならやりかねないわよ、何でも拾ってくるんだから」というに違いない。なんとかの罪、たとえば拾得物を警察に届けなかった罪を問われた場合。

二人の外国人女性が斜め向かいに座っている。二人ともゴム草履で短パンである。草履の鼻緒はひとりがピンクでもう一人は緑である。やや細身の女性は金髪で、やや太り気味の女性——肉感的というべきか、からだが自在に揺れる——は亜麻色の髪をばさばさにしている。

一人は肩からみどりのバッグを提げている。もう一人は何も持っていない、TシャツにはNO Warと書いてある。

南洋群島合同慰霊祭に母を連れていく。識名園。香典料二〇〇〇円。

老人は老成を装うが、装わなくとも老人であることに変わりはない。

私には括弧付きの知識人やその弟子たちが、「沖縄文化の独自性」「アイデンティティの確立」などという時の天真爛漫さに苦笑せざるを得ない。文化の他者排撃性。その冷酷さに身ぶるいしない知識人がいようとは世界の珍事である。なーに河馬の国ではごくありふれた日常である。いずれ文化と文化の共存、昔風の平和共存。今風には文化の多様性を云々し出すのである。

テュービンゲンを過ぎて

Hölderlin はこの町で狂い、この街で死んだのだが、たまに訪ねる者には美しく、そこに住む者には退屈この上もない地方都市とか言いようがない。下車して「ヘルダーリンの塔」参りをするほどの熱病患者ではない。私とは通り過ぎる者である。

ああ、ぼくのまだ見ぬ故郷、プルトゥガールよ！ ヨーロッパの最貧国、もっともっとEUの重荷になれ！ EUの女帝・Angela Merkel がおまえを切り捨てるまで。僕にはお前があまりに近しいのだ。いずれ会うか。

ファシズムとファッションの同一性、いずれも時代の流行病である。たちまち世界を風靡する。この国民を魅了する力は何処から湧き出るのか？

旧東ドイツの国家公安局――Staatssicherheitsdienst　略称シュタージ――の文書が次つぎと、しかも大量に開示されている。情報提供者が妻や夫であり、息子や娘であり、隣近所の遊び友達であったりしたことはいくらでもある。むろんその場合、息子がいかに当局――共産党――に忠実であるかを示すために父親はわざと西側と連絡を取っている、と内通させることもあったであろう。この情報公開には新生ドイツの国家意思が見え隠れするが、まあ、それはそれとしてどうでもいい。政治の仕組みだ。

日本の場合、情報公開法は当局の所有する情報を開示しないことに力点がおかれている。ある情報の開示をこの法律に従って請求する、と黒ずみ色というか、キャヴィア色に塗りつぶされた数枚の紙を渡されるだけである。

4　自前の思想

乙女達の物語は終わっている。ひめゆりの思想の完璧な敗北である。そう、津島恵子や香川京子も銀幕から消えた。自前の思想を築くしかあるまい。

中里友豪へ

那覇の街をほっつき歩いています。一種の徘徊症です。自分では逍遥学派のつもりです。

エッセイ一篇送ります。やむにやまれず書きましたが、この類のもの、やはり消費期限があります。よって緊急通信ということになります。御笑覧下さい。　七月二四日

今帰仁城（なきじんぐすく）よ、無残やな。観光客の餌食になって、

私が幼、少年期を過ごした村が今帰仁城の麓に在る。いまなお母がいるので、ときたま帰ることもある。そして私もようやく人生の夕暮れ時に差し掛かっているのだが、依然として望郷の念が湧かない。もし私に郷愁――Saudade、苦味を伴った憧れ――の感情が湧き来るとすれば、いま眼下に見晴らかす村をおお、わが美しき村と呼ばぬとも限らぬが、どうやらそのような感覚は無縁のようだ。

テレヴィはどこまでも続く美しい珊瑚礁、と取ってつけたような、不自然なナレーションを流している。私の知っている数少ない今帰仁語でいえば、アンダロに聞こえる。

東風平恵典(こちんだけいてん)へ　エッセイ二篇を送る、付して

お元気のことであればいいと思っています。ときには那覇に来ますか。人生の途上で忘れ物をしたような、落とし物をしたような気がします。がそれが何であるかわかりません。まあ、レトロに墜ちただけです。

詩であり詩でもなく、エッセイでありエッセイでもなく、物語であり物語でもなく、まあ、なにものでもないことだけは確かです。
われ、
躁々として鬱に在り
鬱々として躁に在る　四月二五日

また別の日
ここ何日かの暑さに参っています。そちらは如何ですか。ひょっとしてもっと酷いのかも知れませんね。

詩稿拝受。有難うございます。よくわかると、よくわからないが半々といった所です。

エッセイ二篇送ります。御笑覧ください。一個はからかい半分、一個は居たたまれず、誰も言わないなら、私が云うしかあるまい、という気持ちで書いたものですが、文体が軽々薄々すぎますね。

いつかお会いできればと思っています。ではまた。　七月二五日以前、女性を見る場合、まず指に目がいったものだが、近年、なぜか明確に説明し難いのだが、顔の横に付いている二つの耳に目がゆくのである。意外に人間の耳って長いのだな、とバカに感心したり、自分だけの一大発見かも知れぬ、と悦に入ったりしている。なんの事はない、女性はその二か所、指と耳が自分の魅力の源泉であることを熟知している。そこには金か銀、水晶かエメラルド。他の装飾品が嵌められる。それともなんにもないことの素肌の美しさ。

（付記）胸の突起物、やわらかな。それは装飾品を必要としない、ただそこに在るだけでいい。

気丈な母がもろくも崩れた、よく耐えていたのであろう、耐えた分だけ脆かったのであろう。

私は世界のいたる所を旅したわけではない。むしろ、ごくわずかの極点を通り過ぎたにすぎない。たとえばギリシアでは「タベルナ」という食物を食べたわけでもないし、北欧では「スワルナ」という椅子に腰かけて外の風景を眺めていたわけでもない。

インターナショナル・ストリートはmade in Okinawaの健康食品の陳列棚である。修学旅行の女子中学生が「健康のためなら死んでもいい」と甲高い声で言い、あっけらかんとして笑っている。

思考するわれではなく、ある何かがわれを思考する、ということによってデカルト的というか、近代的自画像なるものが転倒する。

二〇〇八年

ここは岐路だろうか、たしかに左にも右にも行ける、どちらかを行くしかないが、それでもここは岐路であろうか。私はただ立っているだけだ。地球という小さな一点に立っている。いま、その地球がぐらぐら、ぐらついている。

成田発ロンドン・ヒースロー空港乗り換えプルトゥガールへ。リスボン、ファティマ、コインブラ、アベイロ、ポルト、レイリア、ナザレ、アルコバサ、オビドスを経めぐってリスボン着となる。天麩羅はこの国から伝わったんだっけ。

(付記)ガイドは言わないのでこんな愚問を投げかけたくなる。
その一　なぜプルトゥガールの人は背が低いのか、種子島にやって来たかれらは背が高かったらしい。
その二　世界から集めた富はどこに消えたか、石見銀山もプルトゥガール領であった。その後、投機にでも失敗したのか

おだやかな死なんてない。ただ、抗う力を失っただけである。
人生がある、意識しようとしなかろうとただ在るだけである。

ドイツ人らしい二人づれ（夫婦？）男は普通並の背丈で頭が禿げている。どちらかというとWladimir Putinに似ている。女性は背が低く、朱のマフラーで、ジャケットを羽織っている。

金持から税金を取ってくる勇気のある政治家はいない、とは誰の言葉であったか。ひょっとしてスペインの哲学者、Jose Ortega y Gasset？いくら金持から税金を取れと主張した所で無駄である。私はこのことを別にどうの、こうの、と詮索しようとは思わない。大企業や大金持だけでなく、「すべての国民に幸せを」と主張する政党があったとして、それは次の選挙までである。どっちみち、重税国家であることには変わりはない。

私はいまStarbucksに指定席を持っている。よっぽどでない限り、その席を確保できる。なにしろ、まだ朝が早いので客はそう多くはないだけのことである。珈琲はエスプレッソに決まっている。昨夜の酔いざましというか、債務整理である。同時に朝の儀式でもある。やがて眠りがやってくる。

民主主義は行きつく所まで行きついた、もはや抜け道や逃げ道はない。国民は骨の髄まで収奪されても声をあげることも出来ない。なにしろ政治の腐敗や不正、経済の不公正、などは国民の自由な投票の結果、なされたものだ。為政者はてめえらの自己責任だ、と言えばいい。例の Adolf Hitler が俺を選んだのはお前たちだ、と言ってのけたか、どうかを知らない。

明確な像として浮かび上がってくる、それは傭兵隊長のイメージである。私が Barack Hussein Obama の演説や仕草やそして歓呼して拍手を送る国民の姿を見るにつけて。別に新城は西ローマ帝国末期のゲルマン人傭兵隊長、Odoacer を想起しているのではない。まあ、似ていぬでもないか。

県議会で野党議員からの追及に対して、ではあなたがやってみては？と質問をかわした、というか、質問から逃げた知事がいた。元大学教授である。幸か不幸か、新城はその人の講義を受けていない。（追記）まあ、いずれ銅像が建つ。粉飾決算がらみの偉人伝を後の世代の子供たちは読まされることになる。おお armes Kind!

大型クルーズでやって来たドイツの人、三組（六人）がインターナショナル・ストリートに面したテラスに坐っている。初老、もしくは充分に老人の域に達している夫妻たちである。何を話しているか、嵌め殺しのガラスで遮られているので聴こえない。たぶん、何も話していないであろう。それを日本人はあれ！　ドイツの人も阿吽の呼吸で頷き合うのだ、と錯覚する。ただ、目の前を通り過ぎる人々や自動車、その他を眺めているだけである。

クルージングの客にはアメリカの人が多い。ただ、いまの私の興味の対象ではない。アメリカ語なんてもううんざり、六十数年も付き合っている。いや付き合わされている。基地を挟んでだが。いくらか食傷気味である。

午前中、あれほどいたドイツ人やアメリカ人がさっと消えている。スーと水が引くように消えるのは観光客だけではない。ひとは消える存在である。

二〇〇九年

西原在　ハートライフ病院、

頭痛・熱発・咳・痰。止まりそうもない。六日間続く。病院に行かねばならぬが、あいにく連休ときている。タクシーを呼んで、救急病院に行く。即入院、二週間。

寝て起きて、起きては寝て　をくり返すおれはもう目覚めてはいないいのちと宝、それは等価か？　いくらなんでもである。

母が行方不明になった、とのことで隣近所の人たちが探したという。ミーヤ（実家）でひとり寝ていたという。叔母の告別式が済んだ夜である。

夢、悪夢である。小型自転車のブレーキが利かない。ベッドから落ちている。外傷はない。内臓はわからぬ。

昨日、何があったか、憶えていない。なにしろまだ生まれていない。これから生まれようとしているにすぎない。

七時頃、Ｆが迎えにくる。牧志交番所に保護されたのである。どれだけ意識を失っていたか、わからない。

紙があれば書く。がそこに万年筆がない、在ってもインクが切れている。逆に万年筆が在る、インクも満ちている。だが、紙がない、在ってもちり紙である。インクが滲んで広がってゆくだけで、まるでRorschach testである。

そのうち、私のイメージは消え去っている。何を書こうとしたのか、忘れているが、とはいえ、かくのごとく人生が儚い、とはいくらなんでも云わない。

私は他人の苦しみを苦しむことはない。他人の悲しみを悲しむこともない。自分の体重でさえ支えきれないのに、世界を背負うことなど出来るはずがない。

二〇一〇年

5　庭園論

日記帳から

宜野湾(ぎのわん)、六時起床。ＦＭ放送を聴く。いつもバロックの時間である。フランソワ・クープランのクラブサン曲集。

夕刻一九時、門を閉める。小雨が降っている。自動車が水をはねて通り去る。一日中、家から一歩も出ない。テレヴィを見たり観なかったり、ようするに無為自然。「老子」並みである。

着古したランバンのジーンズを穿いている。街を歩く。自分で思っているほどセンスがいいのではない。

宛先不明

深夜　見も知らない人に手紙を書く

見も知らない人から手紙は来ない
もしもだ　そんなことはないのだが
男か女か　少女か少年か
まだ生まれてもいない赤ちゃんか知らないが
ぼく宛に手紙を書くにして
ぼくはもうここにはいない
ひょっとして実際に書いてしまったとして
あそこには住所も郵便番号もないのだから
ぼくの手元に届きはしない
またしてもひょっとしてだが
きみが出した手紙は
〈母を訪ねて三千里〉
幾光年かの旅をして
宛先不明の付箋付きで
返ってくるかも知れない

ぼくのいない地球へ

秋の公園を歩く。公孫樹の木から金色の葉が降ってくる、葉裏を翻しながら落ちてくる。その中の一枚だけを拾う、数千の言葉の中から一つだけを拾うように。

詩人にとって言の葉はこのように天上から降りてくるのであろうか、とすれば彼を生粋(きっすい)の詩人と呼んでもいい。では現代の詩人は？言葉との格闘技で疲弊し切っている。むろん詩人は成るのであって、天性の詩人なんてない、と言いわけをすればいい。

新都心・サンエー店の中に球陽堂書房がある。一応、分類別の書棚を見て回るが、食指が動かない。せっかくだ、週刊紙の立ち読みでもするか。いつもの通り、二誌を読む。

母が小さな声で童謡を歌っている、庭の草をむしりながら。デイ・ケアでは呆けの防止になるとかで歌わせているらしい。

　国家が亡ぶ、という。私は地元新聞に指定席をもつ評論家や詩人と違って、国家なんざ死のうと生きようと手前の勝手だ、どうでもいい、と思う。関心の外にある。ただ、国民が生き延びればいいだけだ。新城は国家存亡の危機とかにのほほんとしている。


　インターナショナル・ストリートのほぼ中央にStarbucksがある。だいぶ混んでいる。エスプレッソを注文する。女の子は注文の順序を間違えているのに気付いて「すみません、遅れて」という。「いいですよ、待ちますよ、永遠に。」でも「あなたの愛を」とは口が滑ってもいえない。では口が裂けたら言えるか？　——なーに口内炎であるにすぎない——

　この老人にもまだいくらかの羞恥の感情がある。

同じくスタバで
トレイにしますか　女の子
いいです、トイレは　おれ

男はケイタイを右手に持ち、ショルダー・バッグを左手で引きずっている。断わるまでもないが、青春の傷を、永遠に癒えない（？）青春の傷を引きずっているのではない。ちらっとキネマ通りを見やって何を確認したのか、しなかったのか、歩きだす。雨は止んでいるらしい。そして寒くなる、と天気予報が告げていたが、その通りになるか、どうかは私の知る所ではない。なにしろ株の予想屋――カタカナ語でアナリスト――ではない。

今帰仁村今泊で
Seattle 発 Tokyo 経由 Okinawa 着の Starbucks を人っ子ひとり通らない――いや五人は通るかな――私の村に誘致したい。しかも北西に伊平屋(いへや)、伊是名(いぜな)、南西に「伊江島たっちゅう」が見える浜辺に。塔頭のやや右上の空には夕陽が射している。

俺は妄想の天才なのか、狂気の奇才なのか、この世でもあの世でも決して実現しないであろう、ありとあらゆるとまではいかないが、着想が次つぎと浮かぶ。よどみに浮かぶ泡沫はかつ消え、かつ結ぶ、が如し　か?

母を病院に連れてゆく。二か月分の薬を貰うが、効果は期待できない、いずれ寝たきりになるという。いずれとはいつのことか、とは聞かない。

庭園論

わが家の庭には薔薇がない。棘のある植物を——どんなに美しくとも——植えていない。私が心優しいからではない、逆である。こころにいっぱいの棘を隠し持っているからだ。ときにその棘が突出して私の体をつらぬく、脳内出血だって起こる。
一年で枯れる、として翌年には何処からともなく、芽を出し、生長し、それぞれの季節をそれぞれに花を咲かす、そんなものばかりだ。ようするに雑草そのものの花々である。

あでやかに去りひややかにくる老いを庭の小鳥のように視ている

中年の既婚女性二人の会話。
あの人、結婚したんだって
もったいないね、一人の女性に縛られるなんて

某月某日。午前中、横浜を観光する。福岡からの団体と一緒になる。沖縄は帰らず、アメリカの一州であった方がよかったのではないか、という。六〇歳を越した男である。こんな日本に帰ってきて、か。私はその含む意味をあれやこれやと詮索しない。

アフリカの南端に喜望峰がある。そりゃーそうだ、貧困・徴税・出稼ぎ・脱獄・移民。

絶望を越えれば希望しか残されてはいまい。希望とはようやく手に入れた残り物である。

私は回想しない。回想する何物もない、ということは回想する私がない、ということだ。

絶望は希望の土台である。ただ希望は万有引力の法則に従ってたちまち絶望に転落する。なにしろ地動説によれば、その土台がぐらついている。

雲が動いている。南から北へ灰黒色の雲が……。とある何かの予兆である、とは言わない。やはり私は家に帰って軽い夕食をとって眠るだけである。

わが家の近くにドーナツ屋が引っ越してきた。散歩の範囲内で行ける県道に面して在る。せいぜい交通の要路、なんとも落ち着きのない街でしかなかったが、ようやく憩いの場所が出来たということか。ノゾキ趣味でもないが、覗いてみる。客層は近所の主婦たちである。

二〇一〇年

（追記）ドーナツ屋はつぶれた。六年の生命であった。よくもまぁ頑張ったのである。さてこれから新城は何処かにたった一人の溜り場を探さねばならぬ。

対話

サクラ、きれいだね。　母

うん。　息子
しばらくして
ああ、きれい。　と母が言う。

わたしはことばを厳密に定義しない。その資格が私にあるとも思えない。言葉は曖昧模糊とした霧の中にある。霧が晴れる、と屹立として言葉がそこにある。

他人が聴く私の声とわたしが聴く私の声は、その音量・音質・音域をまったく異にする。わたしは私の声を客観的には聴いていない。肉声とはわたしが聴いている私の声なのか、他人が聴いている私の声なのか、謎は深まるばかりだ。

国立沖縄病院。入院一七日間、主治医・仲本敦
頭痛・咳・嘔吐・寒気。呼吸をするごとにヒューヒューと音がす

る、空気がすーと胸の中を流れる。幽霊話ではないが、背筋が寒い。いや、肩筋、それとも首筋というべきか。

おれは発信しない。世界はあまりに遠すぎる。どんな拡声器を通してであれ、わたしの声が届くとは思えない。おれは受信しない。世界はあまりに重すぎる。わたしの胃袋は世界を丸ごと飲み込むにはひ弱に出来ている。

私とは何か。他者が私にいだくイメージ、それはわたしが私に抱くイメージに合致するか。とんでもない、千里のへだたりがある。自分の録音された声を聴く、と人は愕然とするはずである。

私とは名称にすぎない。してWer bin ich? Wer sind wir?

6　不幸論

私がオキナワとかニッポンとかカタカナ文字を使用するとき、そう呼ばれる土地・場所・情況になんらかの異和とまでは言わないが、ある引っかかりを覚えるのは事実である。そこは私の同化する場所ではないし、身の置き所でもない。ことにアクセントが頭のオやニにおかれる時の響きには何となくいやな感じを抱く。この感覚はどうしようもない。身体は歴史を刻む。

首里へ　どう行くの？　と二人連れのドイツ人が日本語で聞く。答えとしてはピント外れだが、ドイツ語としては正確に Ich kann nicht Deutsch sprechen と応じる。あとは手まねで von hier Station とかで誤魔化す。なーんだ、わかるじゃないか、と相手は満面の笑みを浮かべ、Danke! ときたものだ。他国で自分の国の言葉に出会うのは余程うれしいらしい。

七〇年後
いっぽんの桜も無くて桜坂

わが脳髄の雑記帳。詩であろうとして詩になりえず、語りであろうとして語りになり得ず、批評であろうとして批評たり得ず、いわばなにものでもないことによって、そのすべてを含んでいる。

指定席、いつも窓際である

男——顎ひげ、そのうえ鼻の下ひげまで生やし、サングラスを前頭部に掛けた——によると、ホテルであれ、カフェーであれ、窓際に座るのは日本人の悪い癖である、らしい。そこは、とある政治集団によって爆弾が投げ込まれやすい場所だというのだ。ただ単に世界のど真ん中でなく、極東の島国に住む者の行き過ぎた謙譲の美学であるにすぎないのに。

自然には直線はない。Goethe

都市には曲線はない。都市の中の曲線は作られた自然である。その代表格が日本庭園である。

人間は想像する力を借りずしてはいくら目を見開いても、眼の前で起こっていることさえ見えない。ましてや数年、数十年前の出来事となると言うまでもない。

音楽が降ってくる。天上からか？

不幸論

隣の席で四人の家庭婦人がおしゃべりをしている。共通の友人Mさんが離婚したらしい。不幸からの脱出、幸福になるための離婚が幸福であるか、どうかは知らない。

いかなる人生も所詮、不幸の蓄積であるしかない。どのように人が羨むような境涯に在っても、である。
ひとは幸福になろうとして不幸に陥る存在である。

私は都市に出て行き、そこで悪癖を学んだ。酒・煙草・珈琲・麻薬・博打等。田舎ではそれらに染まることはなかったか、その機会がなかっただけである。何処をどう探しても麻薬売人はいなかったし、カフェーもなかっただけの話である。
もし——仮定の話はしたくないが——村を出奔することがなければ、ごく当たり前の、常識をわきまえた大人になったか、そうは言えまい。いつでもこれらの悪癖(あくへき)に手を染める素質を持っていたはずである。

認知する——認知症
熱中する——熱中症

いま私は自分の老いを感じている。自らの言語感覚を疑っている、というか新しい用語法から取り残されている、と思う。

おれはなにものでもない、ところのある何者かである。

　夕刻、川の流れをみて
どうしてこんなに汚れているのかね。　　母
そうだね。　　息子
１００Mほど上流で土木工事をやっている。

いま沖縄で生命線ぎりぎりの闘いを続けている詩人がいる。東風平恵典である。唯一、彼だけである。四〇年前の清田政信がそうであったように。ただ、東風平は現在進行形である点が違う。むろん二〇世紀後半と、続く二一世紀初頭の苦悩に違いがない、とは云わない。いずれにせよ、暴力の時代であることには変わりがない。

一五時三〇分、世界の宗教家たちが集まっているのだろうか、いまインターナショナル・ストリートを行進している。仏教徒もおり、キリスト教徒もいるのだろう。太鼓を打つものが多い。日本に起源をもつ宗派かも知れない。

公設市場にて

豚の皮、頭そのものが置いてある。見た？　まだ見ない。
あそこのサーターアンダギーがおいしいと言って、おばあちゃんが買って来てって、

吉本隆明が上原生男に言ったという。もっと勉強しろ、と。これは伝聞であるが、ほとんど確実にあり得ることである。ベンキョウ！　なんと懐かしい言葉か、中学生や高校生のお受験勉強でもあるまいし。むしろ上原はヨシモトに沖縄の現実をもっと勉強しろ、

と言ってのけてもよかったのである。

向いに嫁と義母が談話している。いかにも和やかである。私には笑い声が視え、笑顔が聴こえる。

退職金でどんと家を建てるんださ、と嫁が言う。

夫には女がいるかも知れない、と義母が言う。

それにしてもあっけらかんに笑っている。夫はカネの使いみち、金に厳格らしい。

樹がゆれる、空気が動く、放射性物質が移動する。息をする、人間は息をする動物だ、というより呼吸なくして生きられはしない。

中国人が土地を買いあさっている、バブルさね。人道的には地に落ちて、怖いさ。見たくない！　と女性は立ち去る。

ひとは出会ったら、兄弟だ、という。そりゃーそうだ。こころの広い人には出会わなくても兄弟だ、それが全人類に及ぶ共感だと思う。心の狭い人には毎日毎日、出会っても兄弟だ、なにしろいつもいつも憎み合っている。憎悪もまた兄弟の絆である。まあ、ひとの心は広くも狭くもなる。いわば伸縮自在。

私の眼に映る空はいつも灰色を通底色としている。灰白色、灰青色、灰緑色、灰黒色、灰黄色等。原色はいつも灰色で曇らせられる。

家から一五〇〇㍍ほど西に在る普天間飛行場の上に広がる雲もそうである。ときには真っ黒い塊として動かない。

7　中庸を心得ている

今帰仁の浜辺で

子犬を連れた夫婦がいる。新城より幾世代か若い、それでも三〇代後半にはなるはずだ。威風堂々とまではいかないが、ある種の落ち着きがある。ああ、この夫婦は離婚しないな、と思う。要するに時機を逸しただけのことだが、夫婦というものは二人揃って歩くと貫禄が付くものである。世の中には少し時間をずらしただけで、かえって平安を得るということは充分にあり得るのである。

ドイツ語会話クラブ、忘年会。午後六時、ＳＵＩ

詩人たちはまだ眠っているか。そう、眠るがいい。言葉が天使のように降り立つか、地の底から濁流のように押し寄せるか、それまでの間。

二〇一一年

映画は第七の芸術である、という。第一から第六までの芸術はなにと何なのか、という問いが生ずる。思いつくままに挙げる。文学、美術、音楽、舞踊等。あとが続かない。あれー、誰だったっけ、日本の伝統詩を「第二芸術」と呼んだのは。買いかぶりである。

いかなる行動も意図した目論みとは異なった結果をもたらす。善は悪におちいる。善意は悪意に取り囲まれている、というのが個人の場合、しばしば見られる。ましてや国家の場合にをや。

復帰何十周年とかで、世の中、うるさいこと限りない。老人たち、若き日の熱病患者たちが蠢（うごめ）いている。オスプレイはわれわれが招いた災厄ではないか、という反省があってもいいのではないか。

六月一四日、二三時二四分。母を亡くす、北山病院。

風評か、デマか、政府発表か、いずれを信用するかによってその人の知性が試されている。ひとの噂には体温があるが、はてさて国家機関には？

ワインは熟成する。ひとはそう上手くはいくまい。老いさらばえるだけだ。そう、それであとしばらくは生きてみようと思うのだ。

医師は言う。

九〇歳を過ぎる患者の家族に、人間には寿命というものがありますね。

七〇歳を過ぎる患者本人に、加齢によりますね。はい、おわり。

九月一四日。母の月命日である。カデナで引き返す。今帰仁までたどり着く体力がない。心臓が悪さをし始めたのである。

すべては終わっている、いまさら世界の終末なんて憂いたってどうにもなるものではない。たしか一九世紀末、デカダンスが流行った。二〇世紀末、終末論が流行った。まるで占い師だ。むろんイエス・キリストは来臨しなかった。

世界は終わっている。われわれは終わった世界の物語を紡いでいるだけだ。それを歴史と名付けているにすぎない。(Geschichte)=歴史とは物語である。

二階の物干しに鳩が止まっている。番いである。何をしゃべっているのか、新城には分からない。なにしろ、ハト語に精通していない。

どこかわびしい赤ちょうちん、とカラオケが歌っている。何をするかわかりませんよ、とまず断わっておく。これからどうなるやら。酔っぱらって隣の男にからむか、酔っぱらいのとなりの隣の女に絡まれるか。

インターナショナル・ストリートを歩く。よろよろ、がたがた。これをしも歩く、といえればの話だが。牧志界隈。

なるようにしかならない、いや、成るようにもならない。というのが人生か、私たちの住んでいる世界である。なにしろ本物の混ざりっけのない老人だ、年寄りめいたことは云うまい。

過去はいくら消しゴムをこすりに擦っても消せない。ひとは記憶から逃げようがない。記憶、それは生きている者に課せられた有期の刑罰である。いずれ釈放される。この恩寵を世間では認知症と呼んでいる。

中国からの親子連れが多い。中国語が動きたがっている。天真爛漫に飛び回りたがっている。幼児語と丁寧語が交互に交わされている。ことばは跳ねる。アスリートではないが、跳躍するのである。大人が三人以上になるとそれは会話というより騒音となって、私の耳を襲う。ぼんやり外の風景を眺めていることも許されないほどに異国語が耳に響いてくる。中国語を学ぶ者には生きた、ネイティブな言葉の学習の場となる。ただ、こちらには音が機関銃のように、言い方が悪ければピアノの連弾のように浴びせられるにすぎない。

修学旅行生の引率教師、女性二人の対話

結婚は考えていない？

パートナーはほしい。都合のいい時にいてくれるような、

記憶を記録する、もの書きという職業。S・Mの場合
どうしても記憶を曳きずる体験者。東風平恵典の場合
記憶を消す消しゴムもない。新城の場合

今日は何の日か、わからないが、天気は晴れである。二人連れのドイツ人に会う。ごくありふれた言葉を交わす。Guten Tag! Grüss Gott! Hallo! に始まり、Auf Wiedersehen! Grüss Gott! Tschüs! Leb wohl! で終わる。まるで太宰治の「グッド・バイ」である。

いま、ここで。はたしていまとはいつなのか、ことはどこなのか、という問いが生ずる。知人と酒を飲んでいる、談笑している。それは私であるのか、わたくしにとって私とは何であるのか、やはり問いは続く。

ひとは自らの死を明晰に視ることができるだろうか、おそらく出来るだろう。肉体の死が精神の死より早くに来ればだが。逆に精神が肉体より先に病むとすれば、それは不可能である。視るとは肉体を通しての精神の作用である。

私には詩人という種族がよく分からない。かれらは等し並に真面目というか、誠実というか、正義の人というか、真剣勝負というか、要するに言葉と真正面から向き合っているように私には見える。完璧な道徳家たち。言葉なんて口から出まかせでいいのに。

とある詩人が実存的根源を問う、という。まるで地球上のありとあらゆる問題はこれで一件落着と言わんばかりである。私は墓場からよみがえる言葉を聴いているのか、それとも幻聴?

私にとって、島民・土人・土語という場合、それは当然に島の人、土地の人、土地に根を張っている人、土地の言葉を指すに過ぎない。三沢あけみだって歌っているではないか、「島娘よ」と。そこに差別意識が入り込む余地はない。

「島民と言ったら怒る」と母はいった。「もう何年になるから、日本人になってから」というのがアキンの言い分であった。戦前、サイパンでの話である。

大切なことは記憶することとや、それを記録する事ではあるまい。むしろ逆にいかに記憶を消すかである。そしてさらに大事なことは相手の記憶から自分が消えることとである。ただ、それを消す消しゴムがないだけである。

過去をふり返る年齢でもあるまい。年の瀬にあって、この一年を回顧・反省する気もないが、それでもいくらかの感傷がないのではない。二つの別れがあった。母の死と長年の友人との永訣である。

二〇一二年一二月二一日　マヤの暦では地球滅亡の日である。そうか、飯だけは取っておこう。

おつりの渡し方

西洋――まず、細かいコインからわたす。しばらくして大きな金額の紙幣を渡す。その間に、「あとはいらないよ」という客の仕草を待っているのである。Tip である。

日本――まず、大きな金額の紙幣からかえす。店員は紙幣を客に示しながら数える。最後にこまかいコインを返す。心付けは客に委ねられるはずである。

民主党代表に泣き虫の異名をもつ海江田某が就く。「私はどうなってもいい」という。就任の弁である。おれはそうはいかないよ、と別の声がする。

短歌。俳句に比べて長い、詩に比べれば短い。要するに長くも短くもない。長所も短所もない、のっぺらぼう。アリストテレスなら中庸を心得ている、というか。

Starbucks で

四人とも黒い衣服だからといって、その筋の黒い組織の者だとは限らない。むしろ現役の企業戦士だという感じである。

やはり中年の男・女が現れる。女はやはり栗色の髪を肩から前に垂らしている。大きめの緑の宝石。なんと言ったっけ、そうだ、緑晶である。男は上下とも黒。髪はちぢれている。昔ならパーマネントといったが、いまはなんというのやら。

東京語と地方語があるだけで、そこに優劣はない。自己——そもそも私に自己なる立派な持ち物があるか、疑問なのだが——の拠って立つ場所はどこかと問われても戸惑うばかりである。あなたは中央を向いているとか、地方を向いているとか問われてもやはり同じである。私の視線は下向きか、上向きか。問うも愚かしい。
いま私はインターナショナル・ストリートのほぼ中央、スクランブル広場に立っている。ここでは言葉は国際結婚をする。料理だってチャンプルーする。

民主党政権下の総理大臣を最低のハトヤマ、最悪のカン、最弱のノダ、とさる高名な学者が言ったという。自民党の国会議員の質問に答えて。そうだね、とあいづちを打ってもいい。ただ、この高名らしい学者は自らの知性を、頭の構造を疑っていない。自らが鳩山や管、野田以下であることに気付いてない。ああ、大学の先生って呑気だね。おのれの放った言葉が己に返ってくるとは思っていない。ことばはブーメランである。

8　死にたくないよ、と私は云った。

いま私はインターナショナル・ストリートに面したスタバにいる。六時四七分。やはり秋、これから冬に入りゆくであろう。夕まぐれ、うすい影たちが歩いている。靄のなかビニール袋をちゃらちゃら。パックを背にした若者や、あれ、そろそろ修学旅行生が消える。引率教師の呼びかけに応じてそれぞれのホテルへ帰ってゆく。新城は時たま気まぐれに近くのジュンク堂書店から買うDer Spiegelを前にしているが、よむでもない、読まぬでもない。ただ、ボケーとしている。

お変わりありませんか、と聞かれる。
お変わりありますよ、と応える。
お元気ですか、と聞かれる。

まあ、歳　相応にはね、と応える。
だが、その年令そのものが当の本人にはわからぬのだ。

二〇一二年

私は土下座をする人間を信用しない。あやまれ！　土下座をしろ！　という人間を信じない。よくもまあ、テレヴィ・ドラマの見すぎである。

ことばが浪費されている。言葉の消費市場。バナナの、いやTシャツの叩き売り並みである。詩人たちには言葉の空手形を乱発していないか、という問いがあってもいい。

人生は退屈しのぎである。一冊の書物があれば一週間はしのげるが、その一冊がないときている。

遊歩場

「Schönheit ist langweile」Spiegel。なるほどね、ありとあらゆる美を箱詰めにした美術館は退屈である。そこで人々は入館料を払って、そぞろ歩きをしているにすぎない。歴史的名画を前に人は欠伸を堪えているのではないか。少なくとも新城の場合はそうである。ルーブルやオルセー美術館、アルテやノイエ Pinakothek、Museo del Prado。

職業としての学問、あるいは政治というなら理解可能である——

Max Weber の場合——が、職業としての革命という場合、私はほとんど理解不能である。いくら膨大なマルクスやレーニンを読破しても、そんな理論を見出すことは出来ないというのが私の立場である。と今は過去形で云う。いや、革命家という職業もあるにはあるらしいのだ。

離婚相談所

あんな——どんなかは知らない——男とは離婚しなさい、とすすめる政党がある。貧困ビジネスならぬ、他人の不幸を奇貨として票を集める政党。きっと正義の味方ではある。

私は沈思黙考する。人ごみの中で。時には騒音とも雑音ともつかぬ現代音楽の大音響の響くカフェーで。いまは「驚安の殿堂」ドン・キホーテの中で。

ありとあらゆるシステムは危険である。どんな安心・安全——国家語であって、国語とは真逆である——なシステムも、である。完全であればあるほど脆いものだ。現代人はこの危険な乗り物の上に乗っかって昼寝をしている。

国語辞典はある。反対語辞典もある。だが、まだ国家語辞典は編集されていない。例文ならアベ某の演説集から引けばいい。

今日は終わった。さて明日は始まるか。とっくに始まっている。
世界はそれを名付けてチョコレート戦争と呼ぶ。Schokolade。苦
味のたっぷり効いた甘味。

葉がおちる、落ちる。遥か遠くから落ちてくる。否定の身振りで
翻りながら。

港に近く、バングラデッシュから来た人が住んでいる、という。
現代の幽霊話か、どうか委細を知らぬ。

急ぐことはあるまい。糸はきれるときには切れるもの
樹はおれるときには折れるもの
鳥はおちるときには墜ちるもの
人は……………………

雨。
さて、逝くか
憂き世をはなれる
去る、と永遠である。
お邪魔しました、地球よ
どこか名付けられていない
星から最後のあいさつを送る

妻が蛍を見なくなった、と言った。私は涙が滲んでくるのを隠した。そうだね、と云っただけである。現代は昆虫までを殺したのか。それとも母を亡くしたのが悲しかったのか。

大浜病院でMRI。血管には暗い海があって、波打つ、渦巻く、逆巻く。まるで集中豪雨だね、と若い看護婦に云う。この期に及んでも口だけは物を言うように出来ている。

なぜおれはここにいるのか、わからなくなった男の物語を書くことが出来るか。混濁した頭脳で、しかも明晰な文体で。

怖いよ、と弟は云った。

死にたくないよ、と私は云った。それで母は岬から身を投げることを思いとどまった。

三歳と五歳の時である。一九四四年八月、サイパン島。その後、バンザイ・クリフと呼ばれる。

その時、母は今帰仁（なきじん）・今泊語（いまどまりご）で「あんちゃや、ならんむん」と思った、という。生きると決めたのである。

　人生の宿痾（しゅくあ）

こころに闇を

心臓に病を抱え込んでいる。

昔、たかだが半世紀前だが、映画は娯楽であった。同時に芸術でもあった。いまは、いうも無残やな、である。ハチノムサシだけが死んだのではない。誰の歌だったっけ、忘れた。

二〇一三年

ここは沖縄の中心、ならば日本の中心・那覇。ここは那覇の中心、ならば世界の中心・牧志。いま僕が立っている場所。

沖縄県史、サイパン篇「ススペ収容所」より

捕虜名簿　サイパン　SHINJO　MATSU　F 26　Okinawa

SADAO　F 7

KUNIHIKO　M 4

WASHINGTON, December, 1944

（注記）年齢は数えか、満年齢か不揃いである。貞夫がF（女性）になっている。まあ、どちらの性をも備えてはいる。柔らかさと硬さと。柔よく剛を制す、ともいう。

精神科の医師は確実にこころを病んでいる。もし病んでいないとすれば絶滅危惧種に属する貴重な生き物だ。檻の中に入れて保護する必要がある。

「文化人ですか」という。尊称なのか、敬称なのか、蔑称なのか、はてさてからかいなのか、私には分かりようがない。

個人であれ、政治家であれ、「ぶれない」を信念とする人がいる。続いて「愚直なまでに」という付加語がくる。なんのことはない。からだが柔軟性に欠けるか、思考力に幅がないだけである。いわば脳梗塞。新城もまた、この病にあるが、体は柔らかすぎてふらふら、思考力は飛躍し過ぎてあっちこっち飛び回る。

目を閉じると見える音楽がある、視覚はときに音楽を聴く。耳をふさぐと聞える風景がある、聴覚はときに風景を視る。

一篇のブルジョア小説もない。これを沖縄文学の悲惨と言わずなんという！　沖縄は戦後七〇年、いまなお成熟の時間を持ち得なかった、とでもいうのか。

インターナショナル・ストリートを歩く。うしろからむやみにP音の多い響きがする。マレーシア語かな、と見当はずれの事を考える。ただ何処かで聞いている。幼児期に島の人たちが話していた音だ、なんとなくなつかしい。この郷愁（Saudade）という感覚、これはまさしく老人のものだ。

歩く、歩きまわることをマレー語でなんと言ったっけ？　夕刻、私はインターナショナル・ストリートをジャラン、ジャランしている。ゆっくりと、

Starbucks でいきなり「泊阿嘉」の歌曲を流したらどうなるかな、とあらぬことを想像したりする。このアンバランスや見事である、それともキョトンとした表情をするか。客の反応を見たい気もする。

インターナショナル・ストリートの夕暮れ時、しっ　静かに山口淑子の「支那の夜」を流してみる。これまたミスマッチだが、中国人観光客がどんな表情をするか、それとも戦後生まれの人には聴いたこともない音なのか、確かめたい、というか悪戯心もある。まあ、いい趣味とはいえない。

「グランド・ブダペストホテル」を観る。映画の上ではあるが、

二〇世紀の暗雲垂れこめた世界を覆い尽くしたイデオロギーの見事な廃墟。われらの時代であれ、あなた方の時代であれ、この廃墟から歩み出すよりほかになかった。またもや甲高い声が聞こえるのである。アベ某の声である。第一次大戦から百年になる。

二〇一四年

偉人伝なんて小学六年生停りである。中学生ともなれば、面白くも可笑しくもない。はい、それまでよ、と放り投げる書物である。ただ銅像が建つ。外来者向けのお国自慢にはなる。たぶんガイドがつく。さらし者ではないのに、観光客の目に晒される。屋良朝苗（やらちょうびょう）像。この村は偉人だらけの村である。人口比では沖縄一？　いや日本一だ、と胸を張る村の教育者がいる。

人間の肌は美しい。なぜ人は粧うのか？　醜さを晒すためにとしか思えない。ことにテレヴィ映りを良くしようとして、醜さを露出する。しかも拡大鏡並みに——テレヴィは残酷である——騒音を音楽と、落書きを芸術と、醜悪を美と、入れ替えようと、人それぞれに勝手ではある。自らの感覚を信じればいい。新城もまたそうしている。

ここ二、三日、スタバに入り浸りである。しばらく来ないうちに音楽が変わっている。Vivaldi の「四季」である。いまどきヴィヴァルディなんて、とは思わないのである。二〇代、三〇代のころの喫茶店といえば、他に音楽がないと言わんばかりに何処も彼処もヴィヴァルディの花ざかりの森であった。何十年ぶりかで聴く。ことにシアトル発東京経由沖縄着の Café で。やはりイタリア音楽はいい。涼しい風を運んでくる。

私は「……のために」という個人や組織、運動を信じない。いかなるスローガンや旗、鉢巻のもとにも結集しない。

平和のためなら戦争をしてもいい、それが彼らの胸の内、国家の積極的平和論である。

私に向かって歩いてくる女性がいる。まるでEdward Elgarの行進曲「威風堂々」といった感じでやってくる。政治家は「女性が輝く社会を！」という。女性は充分に輝いている。胸を張って歩いている。なにも俯いたりしていない。胸の突起物、というか滑らかな丘陵があるからである。男性にはそれがない。

9 「反知性主義」狩り

ひとにはジェット機型とヘリコプター型がある、という。助走をつけて飛び立つのと、いきなり垂直に上がるのと。沖縄にはもう一つある、確実に墜落する——国家語で安全な——オスプレイ。

男は不意にやって来て、そして消えた。扉の向うへ

もの作りの国、ニッポンに物を制作する能力がない。テレヴィは十数年前の作品?をたれ流ししている。

テレヴィが老人の生活必需品であるか、どうかは知らない。ただ、その前に坐っていることは確かである。朝食の時間である。

何処からともなく、聞こえてくる例の鼻歌。ハチノムサシは……
いやニホンのテレヴィは死んだのよ、である。

生活の場を沖縄に移した初老の夫婦
観光客ばっかりだね、女
沖縄の人を探すのがむつかしい、男
大変だね、地元の人は、女
いい所だけとって、わるい所におしやって、男

ガストにて
「いろいろ見て来たからさ」と男は言った。頭の側面を剃り上げている。女は「でも……」と口ごもった。この男、世界を見て回らなければ、世界が見えないのである。
新城には、ただ一点、普天間から世界が――なにしろ地球は丸い、ときている――丸見えである。

朝の六時、奇跡の起こる時間だ。なんという映画だったか、それとも誰の詩であったか、記憶にない——いずれどこかの好事家が出典を明らかにするはずだ——ただ俺の起床の時間であることだけは確かだ。日々、常の如し。奇跡は起こらない。

文学はたんに大学生向けの講座「社会思想」の素材ではあるまい。現代の社会思想なる学問は多く、文学なくして成り立つまいが、文学はその見返りを受けているだろうか。

夢をみるにも力が要る。よい夢、わるい夢、正夢、逆夢、なんでもない夢。ことに〈真夏の、真夜中の悪夢〉は渾身の力をふりしぼったかのように汗びっしょりで目を覚ます。冷房のタイマー切れである。

逆認知症。近い未来のことは憶えていないが、遠い未来の事なら昨日のことのように憶えている。

一五時三〇分、世界の宗教家たちが集まっているのだろうか、いまインターナショナル・ストリートを行進している。仏教徒もおり、キリスト教徒もいるのだろう。太鼓を打つものが多い。日本に起源をもつ宗派かも知れない。

現代文明。高層ビルが一瞬にして消える墓標。

細りゆく母、あまりに重し

私には感情がないのか、不思議と悲しみはない、後悔もない、冷静である。この感覚をなんと名づけるだろうか。やがて確実に襲ってくる寂寥感があろうとは思ってもいない。

エレベーターの前でふり返って手を挙げた、と小さく手をあげて返した。おそらく最後の明晰な身振りであった。あとは眠った、眠りつづけた。

はじめて聞いた。今帰仁、糸満、宮古は美人の三大産地だ、と。

アジアが押し寄せてくる、東南アジアからの津波である。インドネシア、マレーシア人？

オレにも親のつけた名前はあるが、この世界では無名。多分、これから書かれるであろう小説の主人公か副主人公位の名前にはなるが、ここに記さない。おれは俺と表記するしかない。

スタバで目覚まし、違うかな、ドピオで目覚ましである。でドピオって？　なんのことはない。エスプレッソの大小の真ん中である。

観光客、中国からのとは限定しない。家族づれである。近くに幼稚園生ぐらいの女の子が座る。母親のきんきん響く声が頭の上から降ってくる。あたしたちの席がないから、お前、席を空けなさい、と言わんばかりの声である。事実、私は席を移す――気が弱いのか、おもてなしの心か、それとも謙譲の美徳か、いずれでもない気がするが、いまは置いておく――沖縄はもう十分に観光客に占領されている。

なにより「観光客さま、様」で、地元民は選挙のときだけ投票権という優待券を与えておけばよい。というのが県政・国政トップの頭の中、まさかいくらなんでもである。新城はこの優待券を半世紀以上も使用していない。

昨日みた映画の映像が浮かばない。題名も思い出せない。とある何かの進行形であるが、さりとて慌てふためいたとてどうにかなるものでもない。検事がアウシュヴィッツに関わった元ナチスを摘発する物語ではあった。新しい体制の正義が古い体制の悪を裁く、なんともワン・パターンな。

いきなり寒さがやってきた。天気の所為ではない。むしろまれにみる晴天である。からだがふるえる、身体も震える。こころがひえる、心臓も冷える。おそらく地球は第何回目かの氷河期に入っている。科学的根拠はない。科学は正確な嘘である。なにしろ科学は宗教をこえていない、迷信を超えていない。唯一の根拠と云えば自らの体感だけである。地球温暖化？　私などもう少し地球が暖かくなって欲しいものだ。

二〇一五年

青年の病は未来から来る、何が起こるか分からぬことの不安から。

昔なら神経衰弱の一言で片づけたが、現代の精神医学は百や二百の病名を、しかもカタカナで名を付けているはずだ。
　老人の病は過去からくる、取り返しのつかぬことの後悔から。認知症はいわばひとつの自動的な解決策である。この自動装置が機能しない場合を精神的外傷（トラウマ）と呼ぶに過ぎない。
　ひとは青年の場合を希望と呼び、老人の場合を絶望というにすぎない。して中年の場合は？　中庸である。だが、私は中庸の均衡をとっくに崩している。

　二月二〇日、沖縄タイムス芸術選賞贈呈式、パシフィック・ホテル。受賞者を代表して挨拶をする。

　忘れられる権利がある、という。なら忘れられない権利だってあっていい。もの覚えの悪い人を権利侵害として告訴することが出来る。それに死者の権利だってある。死者たちがこの権利、忘れられない権利を一斉に主張し始めたら……、世界って結構、面白くなるかもしれない。それにしても権利って何百何千あるのか、まだ数えていない。

六月はうっとうしい季節。単に私の肉親が亡くなった月だから、だけではない。父を一九四四年六月に、母を二〇一二年六月に亡くしたからだけではない。私はこの日を静かに過ごしたいだけなのに、世間では大きな声が響いている。わからぬでもない、それでもやはりうるさいこと限りない。

六月二三日、慰霊の日にニッポンの首相を招くな、とまでは云わぬが——なにしろ沖縄県庁様のご勝手である——唾をぶっかけたい気持ちがない、とはいえない。

ヒロシマ。核発射ボタンを携帯したノーベル平和賞受賞のBarack Hussein Obamaと原爆被災者の代表がhugし合っている。

八月、ニッポン人は目をそむけたくなるような、かかる醜悪な光景を見るよう強要されている。

感情は知性を打ち砕く、知性の完璧な敗北である。知性は自らの限界を知らず、なんと傲慢であり得たことか、これまでマス・メディア界に君臨し続けたことか。しっぺ返しがくる。付けは払わねばなるまい。

いまや自称・他称の、有象無象の知性派によって「反知性主義」狩りが行われている。いつまで続くことやら。まあ、飽きるまで。

臨界体制に入ったヨーロッパ。日本はとっくに入っている。おわりにせよ、テロを！　だがTerrorに終わりはない。いまや職業である。そう、職業に貴賤はない。Max Weber教授の場合。

朝はジャズがいいね。そうね、とはスタバの女の子との挨拶である。一日は二四時間あるらしいが、今日の対話はそれだけである。

眼は音楽を聴く
耳は風景を視る

スマホの少女と編み物の少女

編み物をする少女の延長線上にスマホの少女はいるのだろうか？同じように指を使っての仕草だが、静と動の違い、緩急の違いがある。

さてどちらが美しいか、老人にとって美とは静止するものである。それは脳内残像である、Jan Vermeer van Delft の絵からくる。

伊達男をラテンの乳房が追いかける

10　老人の妄想力

オスプレイ墜落1

名護市安部の沿岸、オスプレイの残骸が散乱している。その尾翼、両翼、プロペラー、胴体、内部の露出した機器等を映像で見る。大部分を糊、もしくは接着剤で張り付けている。半田付けである。内部の機器はホッチキス、もしくはネジでつなぎ合わせてある。素人には一目瞭然だが、専門家には見えないらしい。現代の科学、技術の進化とはこの程度である。

去ってゆくバラク・オバマの背が見えて愛犬一匹寄り添いにけり

民主主義の陥穽

次期アメリカ合衆国大統領ドナルド・トランプがバカであること

はほぼ間違いない。政治の場でホンネを言う馬鹿がいるか、という意味でなら。ただ、計算された本音であるとすれば、話はまったく別である。おそらく大衆というものは本音の、二重三重に隠されたにせものぶりを見抜けないであろう。永遠に。

二〇一六年

一月二〇日、大寒。合衆国大統領就任式。ここ半年の間、テレヴィの上で、演じられる喜劇を堪能している。まあ、結構な見せ物ではある。ロックフェラー財団子飼いのマス・メディア、さらにその子飼いの知識人というか、専門家というか、ジャーナリストは揃って——と言ってもいいほど——ヒラリー・クリントン派である。そしてニッポンのジャーナリズムはその口移しをする。かれらはDonald Trumpを史上最低・最悪の大統領候補だ、と言えば、それでジャーナリズムの役割を果したとでも思っているのか。

喜劇の次は悲劇か、それとも間奏曲として悲喜劇か。いずれ悲劇として終幕となる。それでもアリストテレス風に言えば「魂の浄化」――katharsis――にはなる。で、アリストテレスさん、喜劇の役割は?

"Wir stehen vor dem Nichts" DER SPIEGEL 二〇一七年一月二八日号。
我々は虚無の前に立っている。
われわれは破産に瀕している。

演題・「時代の危機に立ちあがる短歌」 場所・青年会館 日時・二月五日

世界が狂うとき、狂わないのは狂人だけだ。彼の異常な感覚はこの狂った世界に素直に適応するが、正常な感覚の持ち主はこの異常の世界に適応できず、いわば不適応症状を引き起こす。在る世界と感覚する世界との落差。

マティス国防長官と稲田朋美防衛大臣との対話、あれは対話と言えるのだろうか。海兵隊として戦場に在った猛者――日本では狂犬と訳している――と可愛い女性大臣との間に対話が成り立つだろうか。握手、それは大人が赤子の腕をひねっているように見える。（注記）新城は女性の容貌をどう表現するか、知らない。きわめて大雑把に自分より年少の場合を可愛い、年長の場合をきれいな、と云っている。これって、harassment それとも女性差別？　判断は世間様に委ねる。

オスプレイ墜落2　――オーストラリア――

沖縄でなくてよかった。政府高官
官邸であればよかった。沖縄県民

わが家には梅の木はない。メジロがやってくる。なんの花蜜を吸っているのやら。

桜坂劇場で「はじまりへの旅」をみる。言語学者、それとも無政府主義者・チョムスキーを知っているが、コーラもホットドッグも知らない一家のおかしな物語である。

家庭内の電話、ラディオ、テレヴィに盗聴器、盗撮機を内蔵する時代は来ている、と思う。携帯電話やスマホではとっくに聴き盗られている。国家はラディオやテレヴィがただそこにあるというだけで——スイッチを入れようと、切ろうと——家庭内の会話や家族の動きを盗聴、盗撮するようになる。国家の監視体制は三年後の東京オリンピックをもって完結する。国民よ、オリンピックだ、オリンピックだ！と浮かれるに浮かれるがいい。その前に高性能の大型テレヴィはいかが？とくる。その中に国家の盗聴・盗撮の仕掛が仕組まれるはずだ。かくて国家は家庭内の一挙一動を監視する。ニッポンの現在進行形の差し迫った近未来である。

詩にしては冗漫で、どこから来るかわからぬが、霊感に欠け、飛躍・跳躍がない。エッセイにしては簡潔であり過ぎる。説明不足で何を言いたいのか、よく分からぬと来ている。その上、いきなり方向転換をする。アスリート並に身が軽いのである。

「えっ、ここで買えばよかった、百円も安い」 修学旅行の女生徒。

インターナショナル・ストリートは不思議な通りである。Tax free Taxi free Sex free の街である。但し、地元の人を除く。大阪では「朝鮮人・琉球人お断り」があった。現在、ここ地元の人は重税国家の下にある。介護保険料、医療保険料、固定資産税、市民税・県民税、字費、消費税八%、この消費税なるものを国家は二重、三重、四重に取る、奪う仕組みになっているが、国家に飼育されている専門家は言わない。それとも想像力に欠けているだけか。商品が生産者から消費者に行きつくまでにいくつかの過程かある。その段階ごとに売り手からも買い手からも8％の税が盗られている。国家の——濡れ手に粟を摑む——丸儲けである。

八月一七日　朝、Barcelona にテロ発生。一三人死亡、一〇〇人以上負傷。近くに Gaudi の永遠の未完成聖堂「Sagrada Familia」があるはずだ。それともそこも狙われたかな。

老人の妄想力

とあるイメージが全速力でやって来て、さっと消えてゆく。止まる時間を与えない、別のイメージが次から次へやって来て去ってゆく。書きとめる、いわば定着することはない。

いまおれは何処をさまよっているかを明晰にわかる。そう、ここから向う岸への橋の上だ。渡る。これが老耄の現在、いや近未来の進行形だな、と納得している。

庭園論2

毎日咲くから日日草というのだろうが、いわば雑草の一種である。わが家には季節それぞれに限定して咲く花がない。手間暇をかけて優美な花を植えるだけの余裕がないのである。よって庭の花は日日草に任せきりである。

その日日草に、虫が――私に娘はない――ついたのである。学名を知らない。みどり色をしているが、青虫というらしい。別に日本人の色彩感覚に異を唱える気はない。ましてや色盲だなんて言う気もない。ただ私には青信号が緑に見えるだけである。事実、ドイツでは緑の信号 grünes Licht と呼んでいる。

朝、庭に出る。日日草の下に小粒の黒い糞が落ちている。落し主が、なかなか見つからない。葉の裏に葉緑素をたっぷりため込んで、太った虫がへばりついている。約五㎝、丸味を帯びている。緑の葉は青虫にとって身を隠すにふさわしい、いわば保護色。

進化論流行りである——一九世紀に世界を風靡した、古びた——たとえば俺たちの仕事も進化したとか、政府、官庁の情報管理も進化したとか、進化型味噌汁とか、で使われるはずである。反比例して人間の頭脳は退化するか、どうかはしばらく様子見である。

左背中、肩甲骨の辺りを不意に襲ってきた痛みがある——刺すような、火鉢をあてたような——牧港中央病院に駆け込む。午後八時頃。検査から検査へ。その数、数えていない。

翌日、天井を見ている、白い。地下に咲く花は視えない、あるには在るらしいのだ。どうして交配するのかしら、とわが思念はあらぬ方向へ広がるのである。

ドアの前に立っている。ノブを回すと新鮮な空気がやってくる。一〇〇メートルほど先の松林から風が運ばれてくる。外界は爽やかで美しい。

で、内側は？　よどんだ空気が淀んでいるだけである。朝から敷きっぱなしの、昼寝のための寝床がある。

おそらく、幸福はさっとやって来て、さっと去ってゆく。台風は居座ることもある。昨日から続いている集中豪雨。

台風の眼に入ったのか、雨がやむ。風も動かない。太陽も柔らかい光を放っている。ははーん、台風もエネルギー＝体力を使うと疲れるのだな、と思う。小中高校生には休み時間、勤め人には休憩時間、老人には昼寝が必要なように台風にだって次のエネルギーを蓄える時間が必要なのだ。返し風は強い。

私の書く物は一種の外国語である。日本語に置き換えることができない。別の妄想力を借りずしては読み解くことも出来ない。

俳句

天空に二十四個の柿が在る
目白めに食われて柿の末路かな
あすの日はおれの出番か死亡欄
空っぽの空にも柿のみっつ四つ
ふざけんなふざけるもよし終末期
見渡せば誰も見当たらぬ地球かな
柿三個、目白の餌に残しけり
柿落ちる　手毬のように拾い挙ぐ

11　文体とは肉体である

女は流暢なアメリカ語を使っている。男は英語ではあるが、どこかアジア系のアメリカ語である。そのイントネーション、太平洋のどこかの島で聞いている。振り向くと、私の目つきが悪いのか、睨まれているとでも思ったのか、急に話をやめてしまった。

女は細身で栗色の髪をうしろに垂らしている。男はジーンズで、上着を外に出している。やや太っちょで、女より背が低い。

自己分析

鈍感、無恥、無知、蒙昧、傲慢、卑屈、尊大、無遠慮、憤怒、利己主義、ケチ、嫉妬、怠惰、攻撃、蔭口、中傷、小心、卑怯、空威張り、暗愚。私とはこれらの言葉の真の意味でのコンプレックス（複合体）である。

あれー、これってアメリカ合衆国大統領ドナルド・トランプの性格特徴そのものではないか。

内海を隔てて岬が細く外へ向かって突き出ている。その上にホテルがこれまた細長く建っているが、ときには空に白く浮かんでいるように見える。「見よ、あれが本部半島だよ」と指さすが、傍らに誰かいるわけではない。空の空の空に消える言葉たち。

私は回想しない。回想する何ものもない。それとも回想する私がない、と云っても同じである。もしも私が回想するある何かであったとすれば、私は立派な私小説家である。飯の足しぐらいの原稿料を稼げる。

私は覚めたまま眠っているのか、眠ったまま醒めているのか。覚醒と睡眠、その狭間に時計の振子のように揺れている。

おまえはNarzisstか。朝夕、鏡の前でおのれの死にゆく様を見ている。

死までの距離いくばくぞ。

死んだ言葉が死ぬ。言葉たちは二度葬られるのである。

わたしは何処で頭脳を失くしたのだろう。

観光客用のホテルやレストラン、沖縄料理屋はある。して地元の人の出入りする、そんな場所があるか、どうか寡聞にして知らない。わがマンションを一歩出れば、ステキなステーキハウスがある。自慢ではないが、まだ入ったことがない。

四〇代の夫婦が、すでに自分が死んだ後の事を気にしているらしい。へえー終活だな。なるほど準備は早い方がいい、という考えも成り立ちはする。……人生のはじめに終りを準備する?

通路を隔てて、向いに女性が座っている。繊細な感じ。白い肌。黒い髪。そのまま長い髪をうしろの項まで垂らしている。指って忙しい。右手の指でスパゲッティを操っている。左手ではスマホを弾いている。新城にはピアノの音が聞える。

世の中に存在するのは現金だけです。投資をやっている男の弁。通帳や株券、電子マネー、架空通貨なんて一瞬にして消える代物さ。

つねに死を想え、とは中世の神学者の言葉であったか。想おうと、思わなかろうと死は必然である。

近代、Gott ist tot!
現代、Satanの一極支配である。

ぼくが殺したって？　神は自らを殺したのだ。僕が暗愚の信仰から目を覚ました時、神はすでに死んでいた。自分が造った世界に失望したのであろう。

誰だって一回は死ぬ、なーに一回にすぎぬ。気にすることはない、とは言い切れないのである。

うちのおばあちゃんが、とかおじいちゃんがという時、何歳ぐらいの人を指しているのだろうか。どうやら私より年下であるらしいのだ。よくもまあ〝のほほん〟と長生きをしたものだ、と感心したりもする。

新城は自殺するかって？　そんな体力があれば、まだ生きられるではないか。

キレル若者、というのが定型であったが、いまや彼らは飼育されているのでもないのに羊なみに従順だ。そこで老人の出番というものだ。キレル老人、なにを仕出かすかわからない。

若い人には元気が似合う。

年寄りには不元気が似合う。よろよろ、あっち行きこっち行き。

私たちはあまりにデモクラシーを希求しすぎたのではないか。その結果が、自民党長期政権の驕りと腐敗であり、民主党政権の体たらくではないか、と懐疑する精神があってもいい。

敬遠

敬して遠ざかる。功なり遂げた人や思想の老大家から
軽蔑して遠ざかる。正義の側に立つジャーナリストから

横に七人の女性。たぶん大宜味郷友会婦人部の定例会か模合の日である。生活保護のあり方を話題にしている。いま東京の芸人をめぐる六千万円を稼いでいながらその母親が生活保護を受けている、という話ではない。もっと身近な誰かの話である。申請したら、すぐ貰えたって。延々とおしゃべりが続く。

後方ではどうやら宮古島郷友会。男が一人加わっている。声がする。みんな同じように年をとるんだな、元気だと思ったが。私に語っているのか、たんに独りごとなのか。

生まれて初めて結婚しました、未知の領域に踏み込みます。発信者不明

左翼は一周遅れの右翼である。売国奴、買弁資本。一九五〇年代の瀬長亀次郎のアジ演説。

いま、ここに在る。いまとはいつか、ことはどこか、分からぬ。私とはそもそもわたしで在り得るのか。この現存の薄っぺらさといったら、ありはしないではないか。

わたしは青年か老人かであった。壮年期が欠落していた。

そとは雨。べつに珍しくもない。台風が二つ、はるか南の海上に発生しているらしい。天上から音楽が下りてくる。交響曲である。

沖縄の人、飲むと長いし、何をするかわからないし。黒い帽子、黒いシャツ、短パン。沖縄でいいように使われて、東京に戻ってこなかった。サングラスを頭に乗っけている。

三日間、降り続いた雨。風止む。
なは署留置所、おきなわ刑務所未決監。三週間。接見禁止。いつだったっけ?

潜在意識と顕在意識の谷間をブラック・ボックスと謂う。

男がわめいている。
ローソン、つぶしたっていいんだよ
店長が駄目なんだよ
バカヤロー　フラーグワー
こっち来い、投書しますよ

私はここ何年か、いや何十年か、夜の終りの、朝の始まりの時を告げる雄鶏の鳴き声を聞かない。その代わりかどうか知らないが、カーテンの向こう側から夜が消えようとする、と小鳥たちが動き出す、騒ぎ出すのである。今日も晴れである、と確信する。

文体論

重いテーマは重厚な、密度の濃い文体を要する。それを軽がるとひょいひょいとやってのけるか。軽いテーマを重い文体でやってのけてもいい。文体とは肉体である。

幻覚が始まった。夜中に目を覚ます、幻を視て。私は醒めつつ眠っていたのか、眠りつつ醒めていたのか。

世界は落ち着いているらしい。物を考えないから。

妻よ、ぼくは何処で狂ったのか。

外は雨。

大阪からの男、沖縄を出てから五〇年になる。オオサカは寒い、オキナワの人はやさしく、親切。那覇に住むつもりで部屋を探している。

昨日の男に会う。粟国出身で新城と言う。あれ！　俺と同じだ、私はやんばるですけどね、と挨拶する。あとはよもやま話。大阪土産の菓子を貰う。

ことばはなによりも響きである。言葉の音楽性。詩は言葉から意味性を取っ払ってもなお残るもの。

どのような岬であれ、それがどんな退屈な風景であれ、風光明媚な、と粉飾するのが、これまた観光学の定型である。

スマホをいじっている老人がいる。幸せかしら。
スマホを見ているだけでしあわせか。と若者に問いたくなるが、
まあいいや、である。

愛は水である、透明な。流れてゆく。

危機は昼寝をしている。その隙間を平和と呼ぶ。政治は眠りから
醒めよ！と唆す。背後にいかなる勢力があるか、国民の知った事で
はない。まだ大丈夫？　ああ、呑気だね、すべては完了済みである。

おそらく詩人たち――ジャーナリスト紛いの評論家を含む――
は新城が土人・土民・土語・島民とかいう言葉を使ったら、中央目
線からの沖縄蔑視だとか、差別だとかの理由を付けて、猛烈に反撃
してくるであろうが、べつに私にはどうということはない。それは

向こう様の勝手で、こっちの知ったことではない。ただ、向こう様の知的水準までは疑っていないから安心するがいい。

土地に立つ人、土地の言葉、島を生活の場とする人。それがどうして差別語や軽蔑語――今風に言えばヘイト・スピーチ――である、という主張がよく分からない。ましてや激高するほどの事ではあるまい、と思う。

モダニズムやポスト・モダニズムをくぐり抜けているらしい沖縄の詩人や思想家が、これほどまでに前近代的であることに私は驚きを禁じ得ない。

Paul Gauguin なぜタヒチ島に逃げたか、近代という時代の病からである。事実、フランスに留まった Vincent van Gogh は精神を病んでいる。ここでは価値評価を含んでいない。病むこともまた才能である。

わが家の庭にもアネモネが咲く、消えてゆく存在として。

隠棲論

観光客でにぎわう那覇の街のど真ん中。ここでは新城の個人的生活を妨げる者はいなかった。

ボア・ノイチ　こんばんは。

ギリシア語訛りの強い。ドクシアス、歯科医らしい。

ひとは人生から逃亡できるか？　なーに出来るのである。ひとっ飛びまたげばいいだけのことである。

12　ドイツ語の「Karoshi」

他人の喧嘩って面白い！　暴力行為をめぐって、とある業界がゆれに揺れている。Aがこう云い、Bがあー言う。C、D、E、Fとどんどん続いてゆく。この動きいつ止むとも知れないが、いずれ終焉を迎える。それはあきるか、あきれる時である。

神の国の神事、それが相撲である。と一応云っておく。いずれ俗事に塗れる。テレヴィの上で演じられる芝居も三か月を越している。元寇。鎌倉時代、二度にわたるモンゴルの襲来（文永・弘安の役）。幕府崩壊の危機？　だが、神風が起った。以来、ニッポンは神頼みの国である。

業界の事は業界内で処理せよ。「はい！　のこった、残った！」それとも「ほっとけ、ほっとけ！」でいい。文科省大臣までがのこのこ出てくるほどのことでもあるまい。

ありとあらゆるとまでは云わぬが、スポーツは暴力である。暴力の純化＝昇華＝神聖化、俗に言えば合法化である。

日・独・伊の三国同盟。私は負けた国にしか興味がなかった。なにしろアメリカは戦勝国。この島の何万、何十万と、しかも武器をもたない人々を殺してきたことか。おおアメリカ！　偉大なる。なんて口が裂けても云えなかった。

戦争は容易いが、平和は困難である。だから政治家はてっとり早い戦争を選ぶ。むろんアダム・スミス風に言えば「目に見えない神の手」が背後で操っている。太平洋戦争、朝鮮戦争、アフガン戦争、イラク戦争。

私が夢を見るように、国家だって夢を見る。それは結果として悪夢に違いない。

Adolf Hitler は永遠である。自由と民主主義の土台の上に。

権力にはアルコールがある。普通の人には酔いざましにコーヒーがある。新城の場合、Starbucks でのエスプレッソであるが、権力には目覚ましのそれがない。なんと自らが永遠の死体であることに気づかない。アベ一強も例の外ではない。

地動説

からだがゆれる、と地球も揺れる。

私はどこに属するか、地球にか。それにしても肝心の地球がゆーらゆらりぐらついている。

敵・味方に関係なく、「戦争の一番の犠牲者は女性や子供たちだ」とよく知られる、いわば常識になった言葉がある。その常識、嘘とまでは云わぬ――なにしろまだ零歳児の妹を失っている――が、新城は少し首をひねっている。五歳と六か月の私と三歳の弟、二六歳の母は生き残った――僥倖と言わずなんという――が、父は死んだ。それでも戦場に散った男たちは二番、三番の、それとも番外の犠牲者とでもいうのか。まるで二番茶、三番茶。残り粕の番外扱いである。

おそらく歴史は肉体を侵食する。その人の顔や胴体、手足、指先、眼裏、頭脳に刻印されている歴史。

日々、衰えてゆく記憶がある。さらに記憶と記憶が混線し合うこともある。ドイツ語で曜日とそれぞれの月の名を憶えていたが、いま何月かと問われれば、ひょっとして月曜日 Montag と答えたり、その逆に今日何曜かと聞かれれば八月Augustと云うかも知れないのだ。

おれはもう働くのがいやだ、とロボットがストライキに入った。人間はそれを止めることが出来ない。なにしろ人工頭脳は進化＝自己増殖するが、人間のそれは老廃化するだけだ。まあ、すでにロボットの、ロボットによる、ロボットのための人間からの解放宣言が行われている。マルクス風に言えば人間は自ら作ったものを拝跪する。

おれは飛ぶのがいやだ、大地をしっかりした足どりで歩きたいのだ。とドローンが思ったにしても、俺の創造主＝主人様が許しはしない。ならばこっちにだって考えがある。なにしろ人間は俺の胴体にＡＩ（人工知能）を縛りつけている。この人間の頭を越えた頭脳は人間の命令なんか平気の平座で踏みにじる。なぜおれを作ったのか、と復讐さえする。そうだ、TOKYOのど真ん中、首相官邸にでも落っこちてみるか。ドローンが落ちてどろんこの地球。笑えない。

アマゾンやグーグルなんて望んでいない、と言ったとて後の祭りである。人間なんて自分の作ったものにみずから進んで隷属する生き物である。フロイト風に言えば死への欲情である。

*

少ない恩恵、多い犠牲

朝、新聞を読む。沖縄からの税金徴収額が内閣沖縄関係予算を上回った、とある。沖縄は財政的に受け取っている以上を支払っている。今時になってか、と思わぬでもない。

宮古出身で、二・二六事件に関与した民間人に亀川哲也という人がいた。たしか陸軍軍法会議で無期禁錮になり、戦後、大赦で釈放された。

その亀川が沖縄県への国庫支出金は沖縄から国家が吸い上げる納入額より少ない。国家は県民から収奪するが、それに見合う対価を与えない。それが沖縄の貧困の原因である、と主張している。俗に「飴（あめ）と鞭（むち）」。一〇％の飴と九〇％の鞭。より少ない恩恵とより多い犠牲と言い換えてもいい。事実、国家は何十万の生命を奪ってきた。いまなお新たな軍事基地を強要し続けている。それが政府のやり方であり、「アベの国」の世論というものである。

＊

親切な詐欺師

旧聞に属することを新聞に書く、いくらか変な話ではある。

二〇一七年も暮れようとしている一二月二一日、わが家の携帯電話に招かれざる着信、しかも警告文があった。以下、正確に記す。

一一：〇三、Amazon料金未納が発生　スキン機能注意！　電話番号やURLの記述があります。送信元に心当たりが無い場合はご注意下さい。

料金未納が発生しています。本日中のご解決無き場合、少額訴訟に移行します。支払コード654-985　お客様相談窓口　03-6451-8293　―END―

見も知らぬ人に「ご注意下さい」とはなんと親切な、お節介屋であることか。私は他人の親切は受けとるが、私的領域への過剰な節介＝介入は拒否する方である。それにしても「少額訴訟に移行」とはまぎれもない脅迫ではないか。

こちらは後期高齢者の二人暮らし、アマゾンなんて南米かどっかの河の名前だろう、としか知らない。そんな遠い国と商取引や友情の手紙を交換し合ってもいない。
妻が応対している。うまく網にかかったな、ほくそ笑んでいる男がいるか、その姿は視えない。最近、進化論流行りだが、それにしても詐欺の手口、だましのテクニックは進化していないらしいのだ。

*

「Karoshi」ってなーに?

時たま、ドイツの週刊誌を読む。あまり熱心な読者ではない。ただページをめくるだけの場合もある。日本についての記事はほとんどない。年に一回、出るか出ないかの程度である。
目に留まった見出しがある。「Karoshi」こんなドイツ語あったかな、どう頭をひねってもわからない。わがドイツ語歴五〇年を遡っても、独和大辞典をひっくり返しても見当たらない。

おぼつかない語学力ながら記事の内容を辿ってみることにする、と輪郭が浮かんでくる。日本語では「過労死」を謂う。アベ一強の国ニッポンの現実である。

いつの間にか、ニッポンに革命政権が成立している。あな恐ろし。気づいた時にはもうおそい。人づくり革命や生産性革命の所轄を担当する大臣も任命されているらしいが、誰だか分らない。はたらけ、働け、もっと働け、過労死するまで。と鞭を振るう政府。

誰が名付けたか知らぬが、この列島を自由な、あくまで自由意思による、強制労働の「収容所列島」と謂う。

日本人だけが知らないが、Karoshi（過労死）はすでにオックスフォード大学の大辞典に登録済の国際語である。そう、Koroshi（殺し）もである。

13　消えてゆく男たちの肖像

ひとは消える存在である。「ではまたいつか」。たったそれだけの挨拶もしないで。

感情が死ぬ。詩の終焉である。

Der Spiegel Nr.49/2.12.2017
1.Tod 2.Leere 3.Wut 4.Hoffnung 5.Sorge 6.Dankbarkeit 7.Zukunft

同期生会
いよー、元気？　威勢のいい声がする。
うん、まあな。どうにか。生返事をする。

お互い内部に数えきれない病を抱えている。次の会には何人かが欠ける。同じ会話が交わされるが、いつまでか？「そして誰もいなくなった」アガサ・クリスティ

人類の最期の際の捨てゼリフ。あとは野となれ山となれ！やっと俺たちの時代が来るのだ、と歓声を上げる植物たち、虫たち、山や川たち。ぞんぶんに暴れ回るぞ。

すぐれたテニス選手は同時にまた優れた哲学者でもあろう。身体が自由に動くのと、思考が自在に飛翔するのとの違いがあるにすぎない。

酔っぱらっているのは俺なのか、彼なのか、それとも彼の彼女か、いずれでもないであろう。私や彼の、それとも彼の彼女の背後にある何かであろう。それは名付けようもないから、仮に神と呼んでお

く。酔っぱらっちゃったのよ、と歌っている神様。

Merkelは一二年間、第四ドイツ帝国の首相としてＥＵの支配権を握っていたが、イギリスが離脱を表明、一強支配にゆらぎが生じている。Wer will noch einmal?　誰がメルケルにもう一度なんて、望むかよ。新城はドイツ国民ではないが、もう、その顔に飽きた、呆れたのである。

二〇一七年

私の関心の範囲で二〇一七年を振り返ると、この年はよくも悪くもDonald Trumpの年であった、という印象を免れない。大統領就任式、新年だというのに祝福されない年、むしろ愚かな年――Ein Jahr Dunkelheit――の始まりだと言う。この大国アメリカが愚かでなかった年があるのか、トランプが例外だとは思えない。アメリカ民主主義の結果が彼を生みだしたにすぎない。まあ、それはどうでもいい。アメリカのことだ、おれの知ったことじゃない。

彼の言動のどこが間違っているのか、たとえば「America First」。政治家が単なる物まねとしてでなければ、「Japan First」と言ったからとてさほど間違ったメッセージではあるまい。ただし、新城は狂気の愛国者ではない。「都民ファースト」「沖縄県民ファースト」これらすべて猿まねではないか。

ein Rätsel auf sehr hoher Schuhen

大統領はもう政治の手段を持っていない。その夫人Melaniaが Donaldを追い越し、その代わりをしている。俗に女房の尻に敷かれる、と謂う。男の宿運である。

アメリカ国民は次期大統領にメラニアを選出する。レディー・ファーストの国アメリカ初の女性大統領である。慶賀の至りである。

世間はなにが何でも進化する。

ただおれの脳だけが退化する。
潮の満ち時がある。
当然引き時がある。

＊

名護市長選の結果

一九五〇年、沖縄群島知事選挙があった。平良、松岡、瀬長の三人が立候補し、それぞれの祖国復帰論を展開した。まあ、どちらも正しい主義主張ではあったであろう。

演説会場で大人たちは熱狂したが、子供たちにとって、そこが遊び場であった。存分に遊び回っていた。その折、耳にはさんだ言葉がある。「公約は破るためにある」と。いまも忘れない。以来、私は政治家を信用していない。

ここでは名護市長選に立候補した二人のいずれも批判の余地のないほど、完璧な公約や政策に言及する気はない。やはりこれまでもこれからも「公約は破るためにある」といやがおうにも認識せざるを得ないのである。

新聞は現職の稲嶺氏を新人の渡具知氏が猛進している、という。よくも的外れな、さもなければ調査能力に欠けているとしか思えない記事である。私には新人の渡具知氏の勝利はほとんど確信に近いものであった。

市長選で三期を務めた政治家はいない。このジンクスは破れない。破れるとすれば奇跡と呼んでいい。二期八年で、その顔に厭きるのである。あきれるのである。街頭演説での完璧な公約や政策の、その上面を剝ぐのに八年はかかるということだ。

脚光を浴びて演説する候補者と街を歩き、立ち話をし、「では元気で」、といって別れる、そんなごくありふれた挨拶を交わす候補者と。生活者の感覚が勝敗を決めたのである。

＊

戦勝国の戦争犯罪

私の仕事、最後の仕事という気はないが、それは「戦勝国の人類に対する犯罪を裁く国際委員会」仮称を立ち上げることである。発起人三人。賢者が寄れば文殊の知恵、愚者が寄れば馬鹿話、言葉通り「愚者の楽園」となる。三人ってなかなか難しい。

一九六二年、三人委員会をでっち上げる。メーデーの日に反戦ビラを配っただけで終わった。その後の行く末を知らぬ。風の噂にも聴いていない。翌年、新城は離島に職を得た。たぶん拾われたのである。

一九七〇年、詩人の東風平恵典、編集者の宮城正勝、短歌の新城と三人で同人誌を出そうか、とわが間借り先で話し合ったことがある。詩作品一篇、評論を一篇ずつ出し合う、というところまで話は進んだ。だが、作品提出の期日を決めていなかった。「阿呆かいな」というところである。活字になることはなかった。

当面、この「戦勝国の人類に対する犯罪を裁く国際委員会」の結成に必要な三人の賛同者を得ることから始めるか、として腰を上げようとするが、ぎっくり腰ときている。

誰か、組織でも運動でもいいが、このアイディアをこっそり盗んでくれぬか。ノーベル平和賞ぐらいにはなる。そもそも平和賞って、他人の不幸を奇貨として、地球的規模での人類の悲惨の上に築かれた栄誉ではないか、と懐疑＝思考する精神はない。

＊

傷だらけの栄光？
満身創痍の紅薔薇

Was bin ich?
Wer bin ich?

YOUFOはなんで地球に降りたのかな?

Youはいくらか答えに詰まる。

それともYouって俺のことか?と首を傾げる異星人。


日本語ではおれは俺を急がせる、などの表現は不自然かも知れない。ドイツ語ではIch beeile michなんて、ごくありふれた表現である。

なにを急いでいる? 何か私を急かせる、私自身がである。

生を急ぐこともあるまい。紆余曲折しようと、回り道しようと、どっちみち待ちうけている終着駅。

樹木が歩く、ということはあり得る。わたしが歩く、と樹木がうしろへ歩いてゆく。樹木からすれば私は後姿を見せて次第に遠ざかってゆくのか。

認知症を地域が支える？　どうか放っておいてくれ！　こっちは勝手に動き回っているだけだ。おれにだって歩く権利ぐらいはあるというものだ。権利って、人権というのかしら、掃いて捨てるほどあるらしいが、この歩く権利——日本国憲法にも世界人権宣言にも規定はないが——だけは失いたくない。

リキュールに牛乳をそそぐ、結構飲めるのである。ではウォッカには、テキーラにはどうか、次の課題である。

一月二〇日、西部邁が亡くなった。七八歳。一歳、年下である。溺死、自殺、水死、自裁。いろいろの表現はあろうが、わたしはいかなる死も自然死だと認識している。じねんの死、然るべき死と言い換えてもいい。予想外の死なんてありはしない。ただ、株屋の世界では「想定外」もあるにはあるらしい。

新城は聴いていないが、身近な人の証言がある。「迷惑をかけたくない」と洩らした、という。最期の声にしてはなんとも月並みな。ひとは迷惑をかけずに生きられるか、否である。

二一日、何気なくケイタイをいじっていたら彼の死を伝えていた。多摩川河川敷、ここは自殺の名所旧跡なのか。

消えてゆく男たちの肖像

長くも短くもない生涯で幾人かの死につき合ってきた。一九四八年、太宰治心中。一九五九年、森山繁服毒自殺。一九六〇年、岸上大作の服毒そして縊死。一九六六年、中屋幸吉縊死。一九七〇年、三島由紀夫自決。一九七五年、村上一郎自刃。一九九九年、江藤淳自死。二〇一四年、東風平恵典水死。二〇一八年、西部邁自裁。もういいよ、と云いたいが、そうもいくまい。あとは自分の死で締めくくればいい。

二月五日、ブラザーハウス・ケニーズで歌人たちの集まり。二〇名程度か。鷲尾三枝子の「褐色のライチ」について少ししゃべろうとしたが、どうやらその場ではないらしい。

さて戸締りをするか、たちまち動乱が起こるであろう。鼾である。

私は消える。どこへ？　まだ行く先を決めていない。

音楽から何を学ぶかって？　もう学ぶなんていやだな。
休止符の思想、昼寝。
終止符の思想、永眠。

二〇一八年

解説

沖縄の地から世界の街角を巡る「われ」と「他者」

新城貞夫『妄想録——思考する石ころ』に寄せて

鈴木比佐雄

1

沖縄の歌人新城貞夫氏の新刊『妄想録——思考する石ころ』は、突き詰められた直観とそれに基づいた思索力の自在な展開が生み出した啓示的な文体によって記されている。これほど精神の自由な人間は滅多にいないと思わせるほどの潔さが、文章に備わっている。それは数々の辛酸をなめた経験がある年齢に達してこないと、記すことができない自由闊達さであるのだろう。そのぎりぎりの思考実験のような論理の展開や飛躍や逆説を孕んだ文体に対して、私は多くの刺激を受けて自らの精神の硬直化しているところを指摘された思いがした。私たちは国家の情報操作、公教育で刷り込まれた歴史物語、マスコミ・メディアの忖度や商業主義、地域社会の因習、家族・親族の環境などによって様々な頑迷な先入観に囚われてしまう。それゆえに私たちが国家や社会から当たり前だと思わされている現実が、実は現実の悲惨さや危機的様相をありのままに見ることから目をそむかせて、ロマン主義的に理想主義的に自己犠牲的に現実を解釈しようとしているだけで、恐るべき幻想に陥る危険性があると新城氏は警告している。新城氏はその意味では徹底した単独者でありリアリストであり、その地点から現実を解体させて新たな現実を幻視してしまうことを「妄想」と言っているのかも知れない。

本書の冒頭には、次の序歌が置かれている。

〈われ思う　われとは誰そ　たそがれの街におのれを忘れ来にけり〉

その後に十三章にわたる『妄想録』が綴られている。その序歌を読むと新城氏は「われ思う」ことが「われ」に関心が向かうのではなく、「われ思う」こととは「誰」かという他者に関心が向いているのだろう。そんな「われ」を超えていこうとする「われ」は、「たそがれの街」をさすらい多様な「誰」かという他者と共存する現実を発見し、理解しようとするのだろう。この序歌はこの『妄想録』の根本的な動機とその方法論を物語っているようだ。十三章までの新城氏にしか書けそうにもない表現を紹介してみたい。

2

1章「夢の欠片（かけら）」では、「男たちの唯一の夢、それは国境を越えることであった。／もう夢を見ることもない。／だから君は／夢の欠片を拾おうとするのか。」と新城氏はいう。「男たちの唯一の夢」を本質的に語るならば「国境を越える」試みであった。その「国境を越える」ことの夢は、きっと目に見えない国境の壁に打ちひしがれて挫折したのだろう。それゆえに今の時代の「君」という他者は、砕け散った「夢の欠片」を拾いもう一度夢を再構築しようとしなければならないのだと告げているようだ。

　また「ひとは地に囚われて在る。いわば囚人、もしくは土地の人＝土人。とすればどうしても夢想するしか生きようがない。だから現実は夢想の根拠である。とすれば人は現実から遊離することによってではなく、現実に深く囚われて、初めて自由になるのである。」と土地と人間と夢想の関係を物語る。「現実は夢想の根拠である」という意識が目指す在り方が「妄想」なのだろう。新城氏は「インターナショナル・ストリートに交叉して、オリオン通り、竜宮通り、柳通り、平和通り、むつみ橋通り」などの「私の散歩道」を歩き回り、時に「カフェ・ドトール」に入り、人びとの素顔を活写していく。また突如沖縄を離れて中欧の旅に出かけてオペラを聞き「初夜権」などを妄想し、「いま私は廃墟の上に立っている。おそらくは国家の廃墟の上に。」と呟くのだ。

2章「思考する石ころ」では、ベルリンに行き、トルコ料理の店に入り、「肉の丸焼き」を削ったケバブを食べる場面から始まる。そこで突如「私は在る。よりよく生きるため、何かの目的のためにではない。ただ石ころのようにそこに在るだけだ。われとは思考する石ころか？／／存在することの痛苦と甘美と／存在することの疲労と倦怠と／存在することの悲哀と愉悦と」というように「私は在る」を思索し始める。そんな思考回路がとても興味深い。囚われている本質存在よりも、現実存在（実存）を優先し、その「存在すること」の「痛苦と甘美」や「悲哀と愉悦」などの両義性をそのまま受け止めようとしている。そのためには新城氏は「われ」を「思考する石ころ」かも知れないと、懐疑的に語り始めるのだ。この「思考する石ころ」の自在な態度が、現実を真っ新に眺めて「悲哀」から「愉悦」へと複雑な精神性を同時に甘受し、そのほろ苦さを記していくのだろう。

その「自在」とは、〈おれが「のほほん」とか「ままよ」というとき、それは禅宗のくそったれ坊主の「自在」という言葉同じ意味である。糞ったれ、なんてよくもまあ、世の良識家の顰蹙(ひんしゅく)を買う言葉づかいをするものだ。〉というように存在の様態やその原点に立ち還らす本質直観を開示させる根源的な言葉の作用に気付かせてくれる。

3章「文化の他者排撃性」では、〈私には括弧付きの知識人やその弟子たちが、「沖縄文化の独自性」「アイデンティティの確立」などという時の天真爛漫さに苦笑せざるを得ない。文化の他者排撃性。その冷酷さに身ぶるいしない知識人がいようとは世界の珍事である。〉とナショナリズムに陥る「文化」の排他的な危険性に対する自覚を促している。

4章「自前の思想」では、「思考するわれではなく、ある何かがわれを思考する、ということによってデカルト的というか、近代的自画像なるものが転倒する。」と主観―客観という私の中に根深く残る近代合理主義的な認識・思考方法を転倒し、それを括弧に入れて白紙にして思索しようとしている。そこからこの章の冒頭に出てくる「自前の思想」という可能性を探っていくのだろう。

5章「庭園論」では、「絶望を越えれば希望しか残されてはいまい。希望とはようやく手に入れた残り物である。」という含蓄があり、生きることを促す名言を生み出している。

3

後半の6章「不幸論」、7章「中庸を心得ている」、8章「死にたくないよ、と私は云った。」、9章「『反知性主義』狩り」、10章「老人の妄想力」、11章「文体とは肉体である」、12章「ドイツ語の『Karoshi』」、13章「消えてゆく男たちの肖像」なども眼前の現実に参加し一緒に巻き込んでいくような相関関係を感じさせてくれる。

そして読者をその中に巻き込んでいくような不思議な読書経験をさせるだろう。そして最後の13の冒頭であっさり遺言のように次のように記すのだ。

〈ひとは消える存在である。「ではまたいつか」。たったそれだけの挨拶もしないで。〉

これは辞世の短歌のようにも読める。歌人である新城氏の言葉の美意識がこのような最後の訣れを記しただけなのだろう。
最後に私が最も心に刻まれた感動的な箇所を引用したい。なぜ新城氏が今まで紹介したように極限的な思考や思索ができるのかを理解する手掛かりになるかも知れない。

怖いよ、と弟は云った。
死にたくないよ、と私は云った。それで母は岬から身を投げることを思いとどまった。

三歳と五歳の時である。一九四四年八月、サイパン島。その後、バンザイ・クリフと呼ばれる。

その時、母は今帰仁(なきじん)・今泊語(いまどまりご)で「あんちゃや、ならんむん」と思った、という。生きると決めたのである。

（8章「死にたくないよ、と私は云った。」より）

新城さんにとって「われ」は「石ころ」と等価であり、「石ころ」になっても生き抜くべきであり、さらに「われ」は「思考する石ころ」でありたいと願って、沖縄の地から世界の街角を巡り出没する不思議な「他者」でもあるのだろう。

あとがき

自然を征服することが科学や技術の進歩だと思いあがった人類は、いま逆に自然からの報復を受けている。それが土砂崩れ、堤防の決壊、河川の氾濫、住宅の損壊、死者・行方不明者として現われている。

これら私たちが目の前にしている現象は自然災害というより人災である。人間の、人間による、人間のための――誰かの言葉の捩りである――公共工事の結果である。この活動を停止することができるか? Nein。前には進めるが、後へは歩けない。人類は奈落へ向かって進歩する。いまさら自然を呼び戻すこともあるまい。ジャン・ジャック・ルソーで終わっている、「自然へ帰れ」なんて。

猛暑は続く、永遠に続く。それでいいのである。地球のことなんてどうでもいい。ただ星の世界、星座さえあればいい。とはいえ、そこに私の座る椅子があるか、どうかは行ってみないのでわからない。なにしろ「星の王子様」ではない。私はとっくに亡んでいる、小さな惑星・地球という残骸から夜空を眺めているにすぎない。

はてさて、火星が凱歌の声を上げた。おれは地球を火の海にした、と。おれだって、と水星が叫んだ。あのちっぽけな、それでいて尊大な地球を水浸しにした、と。これまた勝利の声を上げた。おれは土くれにすぎぬ、と土星が謙虚ぶりを装う。おれは金ピカだぜ、と胸を張る星もあるにはある。

水星が落ちたでもないのに
地球は水びたし。
山崩れが
民家を襲う。

八月四日（土曜日）とある編集者とジュンク堂書店内の喫茶店で会う。出版物の校正を兼ねてよもやま話をする。誤字・脱字・二重のだぶり・数字の統一等の訂正で約四～五時間を費やす。東京の編集者は私の本題を外れがちの、いくらか饒舌な話しぶりに辟易したかも知れない。沖縄の、とはいわぬが、さらに老人の、とも言わぬが、私はよく横道にそれるのである。

とある編集者とは鈴木比佐雄氏のことである。私の文章を読んで下さり、出版にまでこぎ着けたことに対し、感謝申し上げげます。

二〇一八年八月

新城貞夫

著者略歴

新城貞夫（しんじょう・さだお）

一九三八年　サイパンに生まれる
一九五九年　「九年母短歌会」入会
一九六〇年　「沖縄青年歌人グループ」（機関誌「野試合」「鳥」）同人となる
一九六二年　「夏、暗い罠が」五十首で第8回角川短歌賞次席
一九六三年　歌集『夏、暗い罠が……』刊行（発行許可　指令内第１９３号）
一九六五年　短歌誌「狩」創刊
一九七〇年　村上一郎、桶谷秀昭共同編集「無鬼名」に作品発表
一九七三年　『現代短歌大系11　新人賞作品・夭折歌人集・現代新鋭集』に百首採録
一九七九年　歌集『花明り』刊行
一九八一年　第51回沖縄タイムス芸術選賞奨励賞受賞

一九九八年　『新城貞夫歌集』刊行（限定55部）
二〇一一年　『新城貞夫歌集Ⅱ』刊行
二〇一三年　歌文集『ささ、一献　火酒を』刊行
二〇一五年　『アジアの片隅で　新城貞夫歌文集』刊行
二〇一六年　第50回沖縄タイムス芸術選賞大賞受賞
二〇一七年　歌集『Café de Colmar で「フォアグラを食べに行かない？」と妻が言う』刊行
二〇一八年　随想集『遊歩場にて』刊行
二〇一八年　『妄想録――思考する石ころ』刊行

現住所
沖縄県宜野湾市赤道二 - 六 - 六（〒九〇一 - 二二〇五）

新城貞夫 『妄想録――思考する石ころ』

2018 年 10 月 29 日　初版発行
著者　新城　貞夫
編集・発行者　鈴木比佐雄
発行所　株式会社 コールサック社
〒 173-0004　東京都板橋区板橋 2-63-4-209
電話 03-5944-3258　FAX 03-5944-3238
suzuki@coal-sack.com　http://www.coal-sack.com
郵便振替　00180-4-741802
印刷管理　(株) コールサック社　製作部

＊装幀　奥川はるみ

落丁本・乱丁本はお取り替えいたします。
ISBN978-4-86435-361-8　C1092　¥1500E